이팔청춘,
2막 23장

열여섯 살, 중3들의 책과 영화와 세상 이야기

이팔청춘, 2막 23장

초판 1쇄 발행 2012년 5월 21일
초판 2쇄 발행 2013년 6월 17일

지은이 금지원·김광회·김현서·노정혜·서재홍·안예진·육태훈·이동호·제갈소현·조인경·주성은·채유빈·최수정·황사론

펴낸이 오은지 **펴낸곳** 도서출판 한티재 **등록** 2010년 4월 12일 제2010-000010호
주소 706-821 대구시 수성구 범어4동 202-13 **전화** 053-743-8368 **팩스** 053-743-8367
전자우편 hantijaebook@daum.net **블로그** http://hantijaebook.tistory.com

열여섯 살, 중3들의
책과 영화와 세상 이야기

이팔청춘,
2막 23장

금지원 · 김광회 · 김현서 · 노정혜 · 서재홍 · 안예진 · 육태훈
이동호 · 제갈소현 · 조인경 · 주성은 · 채유빈 · 최수정 · 황사론 지음

한티재

글쓰기의 씨앗을 심으며

책쓰기 동아리 활동을 3년째 진행하면서 올해로 두 번째 출판을 하게 되었다. 떨리고 가슴 벅찬 일이다. 그렇지만 한편으로 아이들에게 너무 부담스럽지는 않았는지 자문해보게 된다. 아이들이 책이나 영화를 보고 A4 용지 다섯 장을 쓴다는 것은 쉬운 일이 아니다. 열 번 이상 글을 고쳐 쓰고 심지어는 처음부터 다시 쓰게 될 때 아이들은 나를 피하기 시작한다. 혹시 복도에서라도 마주칠까 봐 고개를 숙이고 다닌다. 그럴 때는 먼저 아는 체하며 어깨를 툭 친다.

"아~ 선생님~~~ 죄송해요. 아직 고치지 못했어요."

"그럼 오늘 밤 12시까지 메일로 보낼 것."

저승사자 같은 한마디에 풀이 죽어 걸어가는 아이들.

이번에 진행한 책쓰기 수업은 글쓰기 향상에 주목했기 때문에 글을 고쳐 쓰는 일이 많았다. 아이들은 글의 소재를 찾지 못해 힘들어하고 때로는 제목을 정하는 데 며칠을 소비하기도 한다. 아이들은 점점 지치고 한계에 부딪치게 된다. 그러나 이 시점이 바로 자신만의 이야기가 풀려나오는 시점이기도 하다. 글과 관련된 자신의 경험을 쓸 때 다양한 이야기들이 흘러나온다. 친구 문제, 가정 문제, 사회 문제 등. 처음에는 아이들 대부분이 모든 문제들을 타인의 탓으로 돌리지만 글을 계속 고쳐 쓰면서 학업에 지쳐 깊게 고민하지 못했던 자신의 내면과 만나게 된다. 이때 교사가 해줄 수 있는 일은 타인에게 돌려졌던 화살을 아이들 자신에게로 방향을 살짝 바꿔주는 것이다. 그러면 아이들은 스스로 자라게 된다.

그러나 이런 과정이 내게도 힘든 시간이다. 아이가 전혀 글쓰기에 흥미를 느끼지 못하거나 글을 많이 써보지 않아 앞뒤 말이 맞지 않을 때, 자신의 고정관념에 묶여 이야기를 펼쳐가지 못해 그만두고 싶다고 찾아올 때 심하게 흔들리게 된다. 때로는 내가 들인 시간이 아깝다는 부족한 마음이 올라오는 것도 느낀다. 그럴 때마다 나는 10년 전의 일을 떠올린다.

고등학교에서 기간제 교사를 할 때이다. 학교 홍보를 위해 가을 축제를 준비하면서 대극장을 빌려서 하는 중요한 공연을 지도하게 된 일이 있었다. 무대를 직접 디자인하고 학생들의 움직임과 안무까지 기획하며 공연에 빠져 살게 되었는데, 마지막 리허설 날 1학년 담당 선생님이 세 명의 학생을 데리고 오셨다. 1학년 학생으로 너무나 무대에 서고 싶다는 아이들이라는 선생님의 말씀이었다. 사실 1학년 학생들도 다양한 경험을 해 봐야 다음 축제를 이어갈 수 있는 버팀목이 될 수 있다는 것을 알고 있었 지만 연습도 충분히 하지 않은 아이들로 인해 공연을 망칠까 봐 걱정이 되었다. 미리 떨어뜨려야겠다는 결심을 하고 1학년 학생들을 무대에 서 게 하였다. 오디션이 끝난 후 나는 텔레비전 프로그램의 심사위원처럼 말 했다.

"그렇게 하고 싶었다면 충분히 연습을 하고 왔어야지……. 너희들은 안되겠다."

학생들은 눈물을 뚝뚝 흘리며 인생이 끝난 듯 무대에서 내려갔다. 1학 년 담당 선생님께서 학교 강당 뒤쪽으로 나를 데리고 가서 대뜸 따져 물 었다.

"안 선생에게 중요한 게 뭔데? 공연이야? 아이들이야?"

망치로 머리를 한 대 맞은 것 같았다.

목소리가 쉬어가며 교육의 열정을 불태우고 밤늦게까지 아이들을 지 도하는 숭고한 교사. 주문을 걸듯 마음속에 새긴 나에 대한 영상이 한순 간에 무너지는 순간이었다. 나는 모든 것이 교육이라는 틀 안에서 진행되 어야 함을 잊고 있었다. 미숙하더라도, 완벽하지 않더라도, 실수하더라도 아이들에게 값진 경험이 되도록 최선을 다해야 하는 교사임을……. 그래 야 아이들 또한 실패를 두려워하지 않고 실수하는 사람들에 대한 관용을 배울 수 있음을……. 나는 공연의 시나리오와 순서를 바꿔 1학년 학생들 이 무리 없이 공연에 참가할 수 있도록 하였다.

그 당시에 느낀 부끄러움은 요즘도 교사인 나를 지켜보게 만들고 있다. 성공적인 일의 진행을 위해 아이들을 잃는다면 모든 것을 잃을 수 있는 나의 위치를 말이다.

이번에 나온 책은 완벽한 글은 아니지만 아이들이 긴 시간을 들여 자신의 한계를 느끼며 어렵게 쓴 값진 글이다. 아직도 많이 부족하겠지만 이번 책이 아이들에게 글쓰기에 대한 씨앗을 심어주었으리라 믿는다. 비록 지금 어설프더라도 이것을 토대로 다양한 시각으로 자신을 돌아보며 사회를 바라볼 수 있는 훌륭한 글을 쓸 수 있을 것이라고 말이다.

"애들아. 부족한 선생님을 믿고 함께 해줘서 정말 고마워. 주변에 일어나는 모든 일이 너희를 성장시킨다는 것을 믿고 용기 있게 가기 바란다. 사랑해."

2012년 4월
지도교사 안숙경

글을 쓴 친구들

금지원

저는 영원한 동물의 친구, 금지원이라고 합니다. 글쓰기와는 거리가 굉장히 먼, 몸으로 움직여야 살맛이 나는, 체육에 죽고 사는 학생입니다. 책이라고는 만화책과 판타지소설, 문학책밖에 몰랐던, 말 그대로 책 싫어하는 아이입니다. 그래도 역사에 관한 것은 정말 좋아해요.

다른 친구들이 예능프로그램을 볼 때 저는 대하드라마나 동물 관련 프로그램을 많이 봅니다. 요즘은 서평을 써서인지 책도 많이 읽으려고 노력하고 있답니다. 다음에 크면 세계일주를 하며 많은 동물들을 보고 포토에세이 책을 쓰고 싶다는 생각도 하는, 동물을 사랑하는, 강아지같이 생긴 아이입니다.

김광회

저는 현재 화원중학교에 다니고 있는 3학년 김광회라고 합니다. 텔레비전 보는 것과 음악 듣는 것, 잠자는 것을 좋아해요. 책을 읽는 속도가 느려서인지 책 읽는 것을 좋아하지는 않아요. 또, 저는 글 쓰는 것을 싫어해서 학교에서 통일, 양성평등과 같은 글쓰기 숙제가 나올 때마다 미뤄놓았다가 밤에 급히 쓰곤 했답니다. 그런데 이번에 서평 쓰기를 하면서 조금이나마 글 쓰는 것에 대해 자신감이 생겼고, 책을 많이 읽으려고 노력하게 되었어요. 앞으로도 많은 책을 읽고 내 나름대로 글을 써 보고 싶어요.

김현서

저는 화원중학교 3학년 학생이고요, 그다지 감성적이지 않은 김현서라고 합니다. 올해 책쓰기 동아리 활동을 하면서 서평을 두 번 썼습니다. 사실 서평을 쓰는 동안 많이 귀찮았어요. 책 읽는 것도 좋아하지 않고 영화 보는 것에도 취미가 없었거든요. 그래서 눈앞에 동아리 선생님이 보이면 도망 다니고 모르는 척하고 그랬어요. 허허허. 그리고 저는 별로 감성적이지 않아서 글을 쓸 때 제목이나 소제목을 오글오글거리게 정하는 애들이 정말 부러웠어요. 그래도 이번 서평쓰기를 통해서 글 쓰는 것에도 자신감이 생겼고, 책이나 영화가 전달하고자하는 진짜 의미를 깊이 생각할 수 있는 계기가 되었습니다.

노정혜

반갑습니다. 노정혜입니다. 저는 대구에 살고요, 화원중학교 3학년 8반 반장이고, 학교 방송부원입니다. 사진 찍는 것을 엄청나게 좋아하고 '브라운아이드소울', 노란색, 뮤지컬을 사랑하는 열여섯 소녀랍니다. 저는 하고 싶은 것도, 배우고 싶은 것도 참 많답니다. 그 중 하나가 글이었는데, 이렇게 글쓰기를 배우게되어서 정말 좋은 기회가 된 것 같아요. 제 글이 담긴 책도 만들어져 뿌듯하기도 하고요. 10년 쯤 뒤에는, 텔레비전에서 저를 보실 수 있겠네요! 저는 온 국민들의 아침을 깨우는 대한민국 최고의 아나운서가 되어 있을 거거든요.

서재홍

안녕하세요. 서재홍입니다. 저는 96년생 쥐띠로 화원중학교에서 3학년으로 매일 출근하는 학생이에요. 대구의 조그마한 마을에 서식하고 있는데요, 이번에 서평을 쓰게 되면서 참 많은 생각을 했습니다. '아, 정말 글 쓰는 것 장난 아니네' 하는 것과 '왠지 모르게 재미는 있을 것 같다'는 것. 제가 살면서 가장 후회한 게 이 책쓰기 동아리에 들어온 게 아닐까 싶습니다. 그때 친구 말만 따라 들어왔지만, 나갈 땐 아닌 것 같아요. 어쨌든, 이 후회가 제 인생에서 큰 선물을 해준 것 같아요. 바로 '노가다' 정신입니다. 네, 노가다로 안 되는 것이 없어요.

안예진

저는 '어떻게 이 글을 완성했을까' 할 정도로 게으르고, 하기 싫은 것을 잘 안 하는 타입이에요. 글 쓰는 속도도 느리고 글을 써본 경험이 없어서 굉장히 힘들었습니다. 하지만 만화 보는 것을 좋아해서 제가 봤던 웹툰 중에 가장 인상 깊게 보았던 〈안나라수마나라〉에 대해 쓰게 되어 그나마 편했다고 생각해요. 이번에 글을 한 번이라도 완성해봄으로써 저에게는 정말 좋은 경험이 되었다고 생각합니다.

육태훈

저는 고등학교 진학을 앞두고 있는 중3입니다. 애니메이션과 노래 듣기, 책 읽기를 좋아하고 부모님으로부터는 자유로운 편이에요. 책을 많이 읽긴 했지만 거의 다 흥미 위주의 소설이어서 서평을 쓸 때 꽤 고생했습니다. 두 번 보는 것을 싫어하는 편이라서 서평을 쓰기 위해 다시 책을 읽는 것이 엄청나게 귀찮아 스킵했던 기억이 나네요.

아직까지 갈 길이 멀긴 하지만 글이 완성되어서 만족하고 있습니다. 애니메이션은 일상물, 소설은 판타지소설, 라이트노블, 음악은 조용한 음악이나 게임 OST를 좋아합니다.

이동호

화원중학교에 재학 중인 말 많은 이동호입니다. 중학교에 입학하여 처음으로 쓴 글은 2학년 초 국어시간에 단편소설 쓰기였습니다. 그때 제가 무언가를 창조해 나간다는 것이 얼마나 흥미진진한 것인지 알았습니다. 하지만 글을 쓰자는 목적으로 만들어진 책쓰기 동아리가 인기가 없어 폐지되고 기회는 3학년에 찾아오게 되었습니다. 3학년 동아리 중에 책쓰기 동아리를 보고서 제 친구인 태훈이와 함께 신청을 했습니다. 지겹고 힘들기도 했지만 많은 추억들과 함께 실력도 늘어나서 즐거웠습니다.

지금 저자 소개와 후기를 쓰지만, 늦은 저녁에 동아리 친구들과 함께 닭을 뜯으며 글을 쓰던 추억들이 머릿속에 담아질 때쯤 이렇게 글을 완성하게 되네요. 비록 얼마 후면 고등학교에 입학하지만 철없는 3학년들을 잘 이끌고 웃으며 지도해주신 안숙경 선생님을 잊지 못할 겁니다. 머릿속 한 칸에서 잊지 못할 기억이 될 것 같습니다.

제갈소현

화원중학교 3학년에 재학 중인 제갈소현입니다. 마음 내키는 대로 쓰는 글이 아닌 (그나마) 제대로 된 글을 쓰는 것이 얼마나 힘든 일인지 책쓰기 동아리를 하면서 처절하게 깨달았어요. 세상 모든 작가 분들이 한없이 존경스럽습니다. 그래도 서평을 쓰면서 얻은 것들이 많습니다. 아부하는 것이 아니라 진심으로, 제 글을 읽고 신경 써주시느라 고생하신 선생님, 감사드립니다. 놀토에 학교 와서 서평 쓰다가 먹은 '김치왕뚜껑' 맛을 잊을 수가 없어요. 책이 나오면 금고에 넣어두고 평생 가보로 간직하겠습니다.

조인경

대한민국 최고의 심리전문가가 될 3학년 조인경입니다. 글쓰기를 멀리하던 제가 이렇게 정식으로 글쓰기를 배울 수 있는 기회를 가진 것은 정말 큰 행운이라고 생각해요. 최고의 심리학자가 되기 위해 필요한 다양한 간접적인 경험과 편견 없는 사고방식을 위해 많은 책을 읽고 짧게라도 꾸준히 글을 쓸 생각입니다. 오늘도 책을 한 권 읽어야겠습니다.

주성은

안녕하세요. 저는 곧 화원중학교를 졸업하는 열여섯 실 주성은입니다. 저는 글을 쓰는 것을 원래부터 좋아하지 않았어요. 그래서 서평을 쓰는 것에 부담감을 많이 느꼈습니다. 글을 써서 책으로 출판을 한다는 것이 말처럼 쉬운 일이 아니라서 걱정도 되었답니다.

하지만 이 일이 인생에 있어서 쉽게 접할 수 없는, 누군가는 단 한 번도 경험할 수 없는 색다른 경험이라고 생각했어요. 그리고 용기를 가졌답니다. 많은 사람들이 제 글을 읽는 다고 생각하니 너무 떨리지만, 설렘이 앞서 가슴이 계속해서 두근두근, 콩닥콩닥거립니다.

채유빈

이제 곧 고등학교에 들어가는 채유빈입니다. 저는 책, 노래 듣기, 잠자는 것을 매우 좋아합니다. 그 중 책은 좋아하지만 책 읽기는 죽는 것보다 더 싫어합니다. 하지만 글 쓰는 것에는 관심이 많았어요. 서평이라는 것이 책을 읽고 쓰는 것이다 보니 처음에는 많이 힘들었습니다. 글이 써질 때도 있고 안 써질 때도 있다 보니 스트레스도 많이 받았어요. 그래도 제가 쓴 글이 책으로 나온다고 하니 그동안 고생한 보람이 느껴집니다.

최수정

1996년 8월 3일 탄생한 그녀는 살아가면서 그림을 그리고 책을 읽으며 세월을 보낸다. 세월을 보내며 책쓰기 동아리와 만나 이렇게 글을 쓰게 된 그녀는 처음엔 의욕만만이었지만 여러 차례 폭풍을 겪으며 글을 쓰는 게 힘들어진다.

그녀는 이제 더 이상 글을 안 써도 되니 다행이라고 말하고 싶은 모양인 듯하다. 그녀는 아마 지금도 어디선가 글을 읽으며 여유로이 그림을 그리고 있을 것이다.

황샤론

안녕하세요! 저는 열여섯의 이팔청춘 황샤론입니다. 하하. 먹는 것과 자는 것을 좋아하고, 드라마와 영화 보는 것도 매우 사랑한답니다. 매일 농땡이 피우고 글도 쓰지 않아서 정말 선생님께 죄송한 마음뿐이에요. 제대로 잘하지는 못했지만 정말 배운 점이 많아요. 원래 글을 쓰라고 하면 지레 겁부터 먹던 저인데, 그래도 이번에 서평을 써보면서 좀 더 체계적으로 글 쓰는 법을 배운 것 같아요! 힘든 점도 많았지만 힘들었기에 더 값진 시간이었던 것 같아요. 이런 기회가 다시 또 올 수 있을까요?

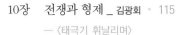

제2막 영화를 읽으며

제1막

책을 펼치며

다 함께 살아가는 지구

서재홍

로렌스 앤서니, 『바그다드 동물원 구하기』, 뜨인돌, 2009

"사람들에게 자연이란 과연 무엇일까?"라는 질문은 받았을 때 어떤 대답을 내놓을 것인가? 누구는 그저 인간의 발전에 필요한 도구라고 생각할 수 있고 누구는 인간의 친구라고 말할 수 있다. 나는 자연이 인간의 삶에 있어서 가장 필요한 하나의 퍼즐 조각이라고 생각한다. 그 조각이 없으면 인간은 그저 껍질밖에 남지 않은 인형일 뿐이고 생명을 불어넣지 못할 것이니까.

인간은 자연이 없으면 살 수가 없다. 지구는 여러 가지 요소의 집합체이다. 공기, 불, 구름, 땅, 나무 등 단 하나만 빠지거나 없어도 인간은 살아있을 수가 없다. 또한 그 자연의 일부인 동물이라는 아주 중요한 생명체도 있으니까 이것들은 결코 변하지 않는 진리로 남게 될 것이다. 그럼 자연의 일부분인 동물들에게도 따뜻한 관심과 사랑이 필요하지 않을까. 동물을 지키는 것이, 사람들 곧 인류를 지키는 것이 아닐까? 그들이 있으므로 지구가 살아있는 것이 아닐까?

사랑은 조건을 필요로 하지 않는다

로렌스 앤서니, 그는 이라크에 관한 텔레비전 뉴스에서 동물들이 죽어간다는 이야기를 보자마자 이라크에 가기로 결심을 한다. 전쟁은 인간의 삶을 황폐화시켰고 그 뒤에 보이지 않는 더욱 처참한 동물들의 삶까지 파괴시켰다. 이라크전쟁 중 죽어가는 동물들은 구하기 위해 자신의 모든 재산을 털어 이라크로 떠나기로 한 앤서니는 전쟁 중인 이라크에 들어가는 것부터가 어려움의 연속이었지만 툴라툴라와의 인연과 끈기로 인하여 들어갈 수 있었다. 민간인으로 들어간 그곳은 처참 그 자체였다. 마치 9·11테러 직후 찾아온 혼돈처럼. 무엇부터 손을 대야 할지 몰랐던 앤서니. 그는 차근차근 일을 해나가기 시작한다. 우선 일손들을 모으고, 동물들에게 먹이를 구해다 주고……. 하지만 이 모든 것은 결코 순탄치 않았다. 하나가 해결되었다 싶으면 약탈꾼으로 인해 또 다시 처음부터 시작해야 할 때도 있었다.

나도 하나의 일을 하면 다시 처음부터 일을 해야 할 때가 있었다. 예전에 카드로 피라미드를 쌓다가 동생이 입으로 후 하고 바람을 불어서 다 넘어뜨려 다시 한 적도 많았다. 그게 단순해 보여도 나는 진지하게 한 건데 그런 짓을 하니 화가 많이 났다. 하지만 앤서니는 동물들을 위해 한 가지의 작은 일이라도 하면 그것마저 약탈해 가는 약탈꾼들을 이겨내다니 대단한 것 같다. 그 많은 문제들을 물리치며 동물원을 구하기 위해 노력하는 앤서니와 직원들, 그리고 그들을 도와준 군부대와 기자들 모두 박수 받아 마땅하리라.

그들의 노력 때문인지 이 감동 깊은 이야기는 많은 사람들에게 알려지고 이곳저곳에서 도움의 손길이 찾아오고 서서히 동물원이 제 모습을 찾아가기 시작한다. 나도 동물을 사랑하지만 이 책을 읽기 전엔 전쟁의 가장 큰 피해자는 그 어떤 사람도 아닌 동물이라는 것은 생각조차 하지 못했다. 사람들의 이기심으로 생긴 전쟁으로 인해 지구상에 존재하는 모든 것들은 다 고통 받고 있을 것이다. 그게 어디 전쟁뿐이겠는가……. 아무런 죄책감 없이 남을 희생시키고 자기 자신만을 아는 못난 이기심, 그 이기심으로 인해 어느 누군가가 지금도 희생되고 있을 것이다.

그 예로 세계에서 가장 많은 축구공을 생산하는 나라 파키스탄과 인도. 축구공은 현대 과학의 집약체이다. 이 축구공은 100% 수작업으로 이루어지는데 이 모든 과정의 90% 이상을 어린이가 한다. 개당 10만원 정도 하는 공을 네 시간에 걸쳐 하나 만들면 150원을 받는 아이들이다. 지문이 없어지고 손에서 피가 나도 결코 멈출 수 없다. 이처럼 이 책으로 인해 인간의 이기적인 행동으로 인간과 동물들이 얼마나 희생되고 아파하는지 조금이나마 알 수 있는 계기가 되고, 로렌스 앤서니의 동물들을 향한 조건 없는 사랑을 느낄 수 있어서 마음 한 곳이 따뜻해질 수 있었다.

사자의 눈물

죽어버린 이라크의 한 동물원. 그곳에는 며칠 동안 먹지 못해 굶어 죽기 직전인 사자 한 마리가 있다. 그 옆에는 놀랍게도 살아있는 개가 있다. 어떻게 그럴 수 있을까? 굶어 죽기 직전의 사자 옆에 살아있는 개라니……. 왜 사자가 개를 잡아먹지 않았지? 오히려 그들을 지켜준 사자들? 마치 텔레비전에 나오는 고양이와 병아리의 사랑이야기처럼 이것은 우리가 알지 못하는 동물의 연대감이나 사랑일 것이라고 생각한다. 이 죽어버린 동물원에 이렇듯 이해할 수 없는 현상이 일어났다. 앤서니를 비롯한 그 직원들은 이런 장면을 보고 감탄해 마지않는다. 그것은 너무나도 아름다운 장면이었으므로. 우리가 살고 있는 세상은 때때로 알 수 없는 것들을 가끔 볼 수 있다. 지진의 폐허 속 수 톤의 무게를 받치며 속에 품고 있던 갓난아기에게 젖까지 물리며 살려냈던 믿을 수 없는 엄마 이야기까지. 모두 놀라운 이야기로 보인다. 하지만 이것은 너무나도 당연한 이야기가 아닐까, 라는 의문이 든다. 우리가 진정으로 아끼고 지켜야 할 것은 동물 그 자체가 아닌 동물과 인간의 고리를 연결하는 통로일 것이다.

내 동생은 고집이 정말 강하다. 하지만 동생을 사랑 할 수밖에 없는 이유는 나의 가족이라는 고리 때문일 것이다. 가족의 고리란 것은 어떻게 생겨난 것일까? 그 해답은 바로 연대감이란 것이다. 연대감은 서로 같은 공간에서 같이 지내며 같은 일을 겪고 기쁨과 슬픔을 공유할 때 비로소 생겨나는 것이다. 동물들도 마찬가지다. 지구라는 한 공간에 살며 지구촌 곳곳에 있는 일을 겪으며 지구에서 기쁜 일과 슬픈 일을 공유한다.

로렌스 앤서니는 모든 생명을 위한 세 가지 가치를 말한다. "이 세계의 모든 생명체와 공동 운명을 지닌 이들이 함께 살아가고 있다는 것을 아는 것, 나의 인식 범위를 넘어서서 과연 내가 보지 못하고 알지 못하는 존재자들까지 돌아보려 하는 것, 공존. 그렇게 공존하는 존재들이 서로가 서로의 목소리를 진심으로 듣고, 그것을 통해 마음 깊이 감응하는 것, 공감. 그리고 공감을 바탕으로 하여 함께 살아가는 것, 공생."

선택의 딜레마

바그다드는 미군과 이라크만의 전쟁터가 아니었다. 야생동물이 아무 이유 없이 혹은 인간의 욕구와 재미를 위해 희생되는 곳은 어디든지 그에게는 전쟁터요, 그가 무조건 달려가야 할 곳이었던 것이다. 바그다드는 표면적으로 더욱 심각하게 그 아픔이 드러난 곳일 뿐, 이 지구상 어딘가에서 자연에 대한 우리 인간의 비도덕적, 비윤리적 행위는 지금도 여전히 자행되고 있는 것이 사실이다. 그에게 중요한 것은 그 희생되어 보호해야 할 대상이 동물이라는 점이 아니라, 살아있는 생명체라는 사실, 즉 인간과 조화를 이루고 살아가야 하는, 인간만큼 소중한 존재라는 점이다.

그와 몇몇의 사람들이 불가능할 것 같았던 바그다드 동물원의 동물들을 지켜낸 것처럼 현재를 살아가는 우리 모두에게는 그 기적을 유지시키고 또 다른 기적을 만들어낼 책임이 있다고 생각한다. 이처럼 우리 모두에게는 책임이란 것이 존재한다. 자신의 사소한 말과 행동까지 모두. 내가 장난으로 성적을 조작한 뒤 일주일 후 돌아올 엄마의 보복같이…….

전쟁은 인간에게 '선택' 이라는 시련을 준다. 선택은 인간에게 '최소한의 도덕적 행위' 와 '인간의 생존을 위한 비도덕적 행위' 둘 중 하나를 고르는 시련을 안겨준다. 한정된 의료시설, 한정된 음식……. 그것들을 잘 분배하기 위해서 개인의 불쌍한 사정과는 상관없는 선택이 이루어진다. 물론 그런 선택을 보자면 바그다드 동물원의 동물들은 이미 굶어 죽었거나 누군가의 뱃속으로 갔어야 했다.

인간들이 꼭 알아야 할 것은 지구는 우리들만의 것이 아니고 우리 인간들만이 살아갈 수 없다는 것이다. 그렇게 하기에는 지구가 너무나도 크다. 아니다. 공간낭비라는 점을 차지하고서라도 인간은 자연의 조화를 버리는 순간 자신들도 살아갈 수 없을 것이다. 그러나 인간의 관점으로 보자면 인간을 가장 위하는 일은 인간의 생존일 것이다. 나는 인간이 '최소한의 도덕적 행위'와 '생존을 위한 비도덕' 가운데 하나를 선택해야 하는 어쩔 수 없는 순간이 다가온다면 주저 없이 인간의 생존을 선택할 것이다. 왜냐하면 도덕이란 것도 인간이 존재해야 존재하는 것이며 동물을 위한 도덕적 행위는 인간의 정신적 만족일 뿐인 것이다. 그러나 앤서니가 말하고자 하는 것은 당장 버려진 동물들에게 몇 달러를 기부하라거나 전쟁터에 달려가라는 것이 아닌, 개인이 할 수 있는 당장의 책임을 지라는 것이다. 그것이야말로 우리가 할 수 있는 인간으로의 최소한의 도덕이나 윤리적 행동일 것이다.

사랑은 꿈꾼다

일반적으로 전쟁이라는 상황에서 죽어가는 동물들보다는 고통받는 인간들이 먼저 눈에 들어올 것이다. 일반적으로 본 시각을 벗어나 동물들의 위기를 본다는 것은 대단히 놀라운 일이고, 그 시각으로 인해 일어난 일들은 하나같이 놀라운 것이었다. 알 수 없는 외국인과의 대화, 극도로 경계하는 동물들, 언제 죽을지 모르는 공포감을 이겨낸 동물들과의 교감. 동물들을 구하는 과정에서 앤서니는 '사람'의 도움을 끊임없이 받았다. 끊임없이 동물들을 위하는 것도 '사람'이라는 것이다. 사람들은 손재주로 동물원을 세우고 어떤 이는 동물들을 치료했다. 또는 죽음을 무릅쓰고 물과 식량을 구해 오는 사람들도 있었다.

죽음만을 바라보는 전쟁 속에서 생명만을 바라보며 일을 하는 자연 같은 사람들의 노력이 가장 인상 깊었다. 그 누군가가 나를 무엇이라 할지라도 나만을 바라보며 응원해 주는 가족들같이.

인간들의 이해관계는 항상 인간 중심으로 행한다. 국가의 입장에서는 버려진 동물들을 생각하기 힘들다. 한 명이라도 더 싸울 수 있는 인력이 필요하며 한 명의 인간이라도 죽게 내버려 둘 수 없기 때문이다. 마지막 남은 식량은 인간의 몫이 되어야 하며 그 식량마저 없다면 동물들이 그 식량이 되어야 하기 때문이다. 이 모든 것은 자연의 법칙 위에서 당연하듯이 벌어지고 있다는 것이다.

인간이 자연에게 일으키는 변화는 막대하다. 동물들은 이 변화 속에서 혼란스러워하는 한 부분에 지나지 않는다. 이런 동물들을 구하는 것이 동물에게 향해지는 최소한의 배려라고 생각한다. 생명을 인간의 마음대로 저울질할 수는 없다. 전쟁은 자신의 이익을 이유로 사람들을 죽이지만 생명을 살리는 데에는 이유가 없기 때문이다. 바그다드의 동물원을 구하는 것은 너무나도 당연해서 놀라운 이야기일지도 모른다.

인간들이 야생동물들을 그렇게까지 끔찍하게 학대하는 것을 정당화한다면, 대체 얼마나 많은 악행들이 지구에서 일어나는지 상상조차 할 수 없다. 이렇게 무자비한 곳이 존재한다는 것은 인류에게 크나큰 경고와도 같다. 지구의 생명체들이 이렇게 상생적인 관계를 맺기까지는 수십억 년의 세월이 흘렀다. 하지만 100년 만에 이 균형이 깨질 위기에 봉착해 있는 것이다. 지구의 생태를 파괴하는 범인을 지목하는데 모든 손가락이 '인간'에게 향해져 있다는 것이다. 모두 살기 좋은 지구를 원하는데 왜 우리는 이 하나뿐인 지구를 학대하는 것일까? 우리가 살기 위해서라도 이 해답을 찾아야 한다. 지구에서의 생존은 다른 생명체와 공유를 할 때 비로소 가능하다.

2장 사람들이 소중한 것을 놓치는 이유

제갈소현

김인숙, 「소현」, 자음과모음, 2010

임금의 고독이 깊고, 길었다. 자식이 죽고, 자식의 자식이 죽어도, 임금은 멸할 수 없는 자리에 있는 자였다. 임금이 어느 날 밤에 홀로 울었는지, 혹은 통곡을 삼켰는지는 기록에 남아있지 않다. 사관이 그 밤에 잠을 잤을 것이고, 깨어난 이튿날에도 임금의 부은 눈을 바라보지 않았으리라. ― 332쪽

소현세자. 인조의 장자, 효종의 형이며 1625년 세자로 책봉되었다. 그는 그저 '아버지에게 죽임 당한 비운의 왕세자'로 기억되고, 인조는 '아들을 독살한 파렴치한 아버지'로만 기억되지만 그들의 모습은 단지 그것만이 아니다. 그 속에는 외로움과 두려움에 떨어야 했던 소년

도 있었고, 적국으로 아들을 떠나보내며 눈시울을 적시던 아비도 있었다. 소현세자는 왜 그렇게도 슬픈 삶을 살아야 했는지, 인조는 대체 무엇 때문에 세자를 죽였는지. 이 책을 읽으면서 많은 것을 알았고, 그 속에서 평소에 그냥 지나쳤던 것들을 깨닫고 또 느꼈다.

홀로 떨어져 있는 듯이

소현세자가 처음 적국으로 끌려오던 길, 의주로 향하던 벌판에서 세자는 구왕 도르곤과 함께 막차 안에 있었다. 그들은 차를 마시던 중 청의 군사가 산 아래로 내려온 노루를 잡았다는 소식을 듣는다. 세자는 청군의 용맹함을 칭찬하며 축하의 말을 건네지만, 도르곤은 소란과 행패를 부려 군령을 어겼다며 그 군사의 목을 벤다. 충격을 받은 세자가 자신의 막차로 돌아오자 구왕이 잡은 노루를 세자에게 보낸다. 역관이 전하는 말을 들으며 세자는 노루가 곧 자신이라고 생각한다. 자신은 죽은 노루가 아니라 앞으로 죽어가야 할 노루이고, 자신이 두려워해야 할 것은 적의 화살뿐만 아니라 노루를 쫓은 조선의 몰이꾼들도 마찬가지라고 생각한다. 포로로 잡혀온 소현세자의 슬픔과 외로움을 느낄 수 있었다. 곱게 자라 고생을 해보는 것도 처음일 텐데 주위에는 말도 안 통하는 적뿐이고, 나라를 구하고 싶은 마음은 급한데 정작 몸은 잡혀 있어 몸짓 하나 말 한마디까지 조심해야 한다. 스스로의 그 무기력함이 얼마나 비참했을까.

이 장면을 읽으면서 내가 6학년이었을 때의 경험이 생각났다. 전국의 교회들이 일 년마다 하는 대회가 있는데, 나는 별로 안 나가고 싶었지만 교회에서 무조건 나가라고 해서 그나마 무난해 보이는 성경공부 부문을 나갔다. 어쩌다 보니 대구에서 금상을 타고 영남지역에서 은상을 타서 전국대회를 나가게 되어 선생님 한 분과 서울로 올라갔다. 참가자들은 하루 전에 도착해 서울의 큰 교회에서 단체로 묵게 되어 있었는데, 도착해 보니 학생이 한 명뿐인 교회가 별로 없었다. 대회에 참가하는 교회는 거의 다 큰 교회이고 우리 교회 혼자 작은 교회인 것 같았다. 같은 교회 아이들은 다 끼리끼리 노는 것 같아서 나는 소심하게 말도 못 걸고 혼자 쳐박혀서 성경책이나 뒤적거리고 있었다.

혹시 누가 무슨 교회에서 왔냐고 하면 교회 이름 말하기도 부끄러웠다. 다른 아이들은 모두 한 번쯤은 들어본 이름 있는 교회에서 온 것 같았다. 시험 대충 쳐서 전국대회 오지 말걸 하는 생각도 들었고, 나혼자 낯설어하는 건지 겉도는 느낌이었다. 레크리에이션을 할 때도모르는 아이들 사이에 끼어 앉아서 하나도 재미없었다. 레크리에이션하면 늘 하는 옆 사람 어깨 주물러주기를 했는데 처음 보는 사람 어깨를 주물러주려고 하니까 서먹해서 그냥 빨리 집에나 가고 싶었다. 난왜 이렇게 붙임성이 없지 하는 생각도 들고, 혼자 멍청하게 앉아있는게 바보 같아 보일까 봐 민망했다. 서울까지 갔는데 상도 좋은 거 못받아서 밤기차 타고 내려오면서 잘 때가 제일 행복했다. 나는 겨우 이틀도 힘들었는데 몇 년 동안이나 고독을 견딘 소현세자가 너무 안쓰러왔다. 서러움에 혼자서 눈물을 흘리는 장면도 종종 나왔는데 그때마다 내가 다 울컥했다.

우리나라에서 살고 있는 외국인 노동자들도 이런 기분일 거라는 생각이 들었다. 타지에서의 외로움과 가족에 대한 그리움이 얼마나 클지. 게다가 몇몇 악덕 기업주들은 돈 한번 벌어보겠다고 다른 나라까지 건너온 사람들에게 돈도 제대로 주지 않을뿐더러 언어적, 신체적 폭력을 행사한다. 이렇게 해서까지 살아야 되나 싶은 생각이 들 것 같다. 아마도 그건 외로움을 넘어 고립일 것이다. 외국인노동자센터가 생기고 예전보다 여건이 나아지기는 했지만 그래도 아직 보이지 않는 곳에서 고통받고 있는 노동자들이 많을 것이다. 면목상의 보호법보다는 실용적인 방법으로 그들을 도울 수 있으면 좋겠다.

권력 때문에 잃은 것

이야기의 주인공은 소현세자이지만 청나라 황실에서 일어나는 일들도 인상 깊었다. 청태종 홍타이지가 죽고 난 후 남은 왕족들은 왕위 쟁탈을 벌인다. 왕족 중 한 명인 누르하치의 14남 도르곤의 어머니는 17년 전 권력 싸움에 휘말려 죽었다. 열네 살이었던 도르곤은 어미의 처참한 죽음에 밤마다 울었다. 하지만 세월이 지난 지금 그가 기억하는 것은 어미의 죽음이 아니다. 중요한 것은 그가 지금 살아남아 있다는 것과 권력을 가질 수 있다는 것뿐이다. 도르곤은 어린 조카를 황제로 세우고 자신은 섭정왕의 자리에 오른다. 그는 스스로 황제의 자리에 오르는 대신 황제보다 더 높은 자리의 권력을 선택하고 유지했다. 그러나 죽고 난 후 황제에 의해 부관참시를 당한다. 조카가 삼촌의 시체를 난도질한 것이다. 권력이 얼마나 대단한 건지 모르겠지만 끔찍하다는 것은 알겠다. 권력은 사람들이 소중한 것을 보지 못하게 한다. 그래서 이 책의 인물들은 많은 소중한 것을 포기하고 잃는다. 도르곤은 어머니를 잃었으며 그때의 슬픔도 잊었다. 권력 대신 자신의 목숨을 택한 자들마저 수하들과 친아들과 손자의 목을 내어준다. 전쟁은 끝이 없다. 권력을 한번 얻었다 해도 계속 손에 쥐고 있으려면 또 무언가를 포기해야 할 것이다.

나도 황제의 권력 때문은 아니지만 엄마의 권력 때문에 상황이 나빠진 적이 있다. 내가 중학교 2학년 때, 그러니까 작년에 흔히 말하는 질풍노도의 시기를 겪었는데 엄마랑 거의 하루에 세 번꼴로 싸웠다. 나는 고래고래 소리지르고 대드는 것밖에 할 수 있는 것이 없었지만 엄마는 나에게 휘두를 수 있는 무기가 많았다. 그 중에서 나에게 가장 치명적인 것은 휴대전화 발신정지였다. 하루 종일 전화기를 붙잡고 친구들과 문자를 할 때였는데 문자가 와도 답장을 할 수가 없으니 답답해서 미칠 것 같았다. 미성년자랍시고 내가 어떻게 정지를 풀어보려고 해도 할 수 있는 게 없었다. 발신이 끊기기 전에는 적당히 화해를 할 생각이 있었는데 전화기가 불구가 되니 그럴 마음이 싹 사라졌다. 지금 생각해보면 내가 잘못한 것도 있고 철이 없었지만 그때 당시에는 전화기 문제 때문에 엄마와 더 심하게 싸우고 며칠 동안은 말도 안 하고 그랬다. 권력은 어디까지나 필요할 때 필요한 만큼만 사용되어야 한다. 또 권력을 다스려야 할 주체가 그것에 지배당해서는 안 된다. 질서를 유지하기 위해 있는 권력이 오히려 희생을 만들고 불화를 낳는다면 그것은 뒤죽박죽한 혼란일 뿐이다.

얼마 전에는 이와 비슷한 사건이 있었다. 리비아의 독재자 카다피에 대해서는 모두 알 것이다. 1969년 리비아 쿠데타 이후로 42년간 계속 독재를 하고 있는 카다피는 시민들의 반발에도 불구하고 권력을 내려놓지 않았다. 그 과정에서 점점 다른 나라들도 관여하기 시작했고 북대서양조약기구 나토는 카다피 아들의 집에 미사일 공습을 가했다. 카다피 부부는 화를 면했지만 그의 아들 세이프 알아랍과 손자들은 목숨을 잃었다. 카다피는 권력 때문에 가장 소중한 것을 놓쳐버린 것이다. 만약 카다피가 욕심을 버리고 시민들의 요구대로 권력을 내려놓았더라면 이런 일은 없었을 것이다.

눈물의 의미

청에서 황제 즉위가 끝난 후, 인조의 병세가 악화되었다는 소식에 소현세자는 섭정왕에게 허락을 얻어 환국한다. 4년 만에 아들을 만나고도 인조는 울지 않는다. 4년 전에는 울지 않으리라 마음먹고도 끝내 눈물을 흘렸던 임금이었다. 오랜 세월 쌓인 이야기를 풀어놓는 대신 무미건조한 대화를 주고받는 부자의 모습이 슬펐다. 왕은 길이 고되었으리라, 같은 말만 반복하고 세자는 같은 대답을 할 수 없어 어깨만 숙인다.

소설이라 다소 과장된 부분도 있겠지만 책 속에서 인조의 아픔을 느낄 수 있었다. 인조는 몸도 아프고 마음도 아팠을 것이다. 아들들이 없어 텅 빈 궁궐을 홀로 거닐다 문득 눈물이 나오기도 했을 것이다. 차라리 왕이 되지 않는 것이 나았을지도 모른다고 후회했을 것이다. 세자에게 하고 싶은 말은 수없이 많겠지만 아무것도 바뀌지 않을 것이라는 생각에 차마 입 밖으로 꺼낼 수 없었던 것일지도 모른다. 의관에게 침을 맞은 후, 인조는 세자가 어릴 적의 꿈을 꾸었다고 하며 '나를 원망하느냐' 고 묻는다. 그 모습에 마음이 저렸다. 옆에 앉은 세자에게 등을 보이고 돌아누워 결국 울기 시작했을 때는 더욱.

이 책을 읽으면서 엄마보다는 아빠 생각을 많이 했다. 인조와 우리 아빠는 닮지 않았지만, 건조하게 얼어붙은 인조와 소현세자 사이의 관계가 아빠와 나 같았다. 우리 아빠는 그다지 좋은 아빠가 아니다. 술을 마시고 들어오는 날이면 이유 없이 성질을 내기도 하고 자기도 못하면서 남보고 제대로 못한다고 화를 내기도 한다. 가끔은 나도 정말로 열이 뻗쳐서 소리를 지르면서 대든다. 중학생이 되고 학원도 가고 하다 보니 아빠와 친분 따위를 쌓을 시간이 없다. 싸울 때를 제외하고 아빠와 하는 말은 '다녀오겠습니다', 아니면 '다녀오세요' 뿐이다. 점점 아빠와 멀어진다는 것을 느끼고, 속내를 터놓고 이야기해 보고 싶을 때도 있지만 실제로는 먼저 말을 걸기도 어색하고 그럴 시간도 없다. 이게 진짜 가족이라고 할 수 있나 하는 의문까지 든다.

하지만 이따금씩 아빠가 나에게 소중한 사람이라는 것을 깨닫는다. 아빠와 정말 크게 싸운 적이 있는데 충동적으로 아빠한테 욕을 했었다. 그때 처음으로 아빠가 우는 것을 보았다. 솔직히 말하자면 충격을 받았다. 나는 아빠가 어떤 사람인지도 제대로 몰랐고 아빠에게도 눈물이 있다는 것조차 잊어버리고 살았다. 울컥해서 나도 방에 틀어박혀 울었다. 왜 그랬나 싶고 미안하고, 마음이 아팠다. 앞으로 정말 잘해드려야겠다는 생각을 했었다. 친하지도 않고 서로 말도 안 하는데 그렇게 눈물이 나왔던 것은 아빠가 나에게 소중한 사람이었기 때문이다. 나는 멍청하게도 소중한 사람에게 소홀히 했었고 부끄럽지만 그것을 깨달은 지금도 그러고 있다. 학과 때문에 시간이 없다는 핑계로, 내가 커서 돈 많이 벌면 잘해드리면 되겠지 하는 마음에.

인조와 소현세자도 서로에게 소중한 사람이었을 것이다. 하지만 그들은 제대로 마음을 표현하지 못한다. 나도 그렇고 세상의 많은 사람들도 마찬가지다. 가정의 달인 5월이 사건들로 얼룩졌다는 뉴스를 보았다. 석가탄신일에 한 며느리가 시어머니와 말다툼을 하다 흉기로 찔러 죽였다. 이후 그녀는 말리던 남편에게도 흉기를 휘두르고 자신에게도 자해를 시도했다. 같은 날 새벽에는 자식에게 대접받지 못한다고 생각한 한 어머니가 스스로 목숨을 끊었다. 도박 빚을 갚을 돈을 주지 않는다는 이유로 어머니의 방에 불을 지른 남자가 있는가 하면 자식에게 짐이 되기 싫다며 자살한 노부부도 있었다. 분명 이 사람들은 모두 후회했을 것이다. 나도 잃고 난 뒤에 후회하는 사람이 될까 봐 걱정이 된다. 그러지 않기를 바란다. 나뿐만 아니라 세상의 모든 사람들이 그러지 않으면 좋겠다.

아버지이기 전에 임금이었던

책에서는 인조가 소현세자를 죽였다고 확실하게 말하고 있지는 않다. 하지만 소현세자의 일가족을 몰살한 것으로 보아 인조가 세자를 죽인 것으로 보인다. 죽을 때까지 청나라를 오랑캐라며 욕한 우물 안 개구리 같은 인조에게 선진적인 문물을 받아들이려는 세자는 너무 큰 그릇이었을지도 모른다. 원래 알고 있던 사실이지만, 책을 읽으면서 아버지가 아들을 죽였다는 것이 가슴 아팠다. 왕은 세자를 아들이 아닌 정적으로 본 것이다. 옛날 자신의 무릎에 앉아 읽은 글을 외우던 어린 아들의 모습을 잊고, 적국에 동화되어 자신이 이룩해 놓은 권위를 무너뜨릴, 자신의 왕권을 흔들 정적으로 보았던 것이다.

나도 종종 주위 사람들을 다른 눈으로 본다. 시험이나 수행평가를 칠 때, 그러고 싶지 않지만 친구들을 경쟁자로 보게 된다. 물론 소위 말하는 선의의 경쟁도 있었지만 무의식적으로 친구들에 대한 경쟁심이 들끓는 것은 정말 싫다. 거기서 끝나면 또 괜찮은데, 알게 모르게 친구들에게 피해를 주게 된다. 시험 기간에 친구가 모르는 문제를 가르쳐 달라고 했는데 괜히 '쟤가 나보다 잘 치면 어떡하지?' 하는 생각에 나도 모른다고 해버린 적이 있다. 친구가 수행평가에서 성적이 잘 나오거나 선생님께 칭찬을 받으면 질투가 나기도 한다(이렇게 적으니까 내가 굉장히 나쁜 사람 같은데 그런 건 아니다). 사실 지금은 중학교라서 덜하지 고등학교에 올라가면, 특히 고3이 되면 친구들이 모두 적으로 보일 것 같다. 모두 잘 먹고 잘살면 좋겠지만, 임금이 두 명일 수 없듯이 잘살 수 있는 사람의 수는 한정되어 있고 그 때문에 친구들을 색안경 끼고 봐야 한다는 것이 착잡하다.

이런 갈등이 일어나면 물론 상황에 따라 융통성 있게 행동해야겠지만, 무엇이 '우선'인가에 대해서는 확실히 해둬야 한다. 나는 그 사람과의 가장 기본적인 관계를 통해 사람을 보는 시선을 정해야 한다고 생각한다. 친구로 만났으면 친구로 대해야 하고, 선생님으로 만났다면 선생님으로 대해야 한다. 친구가 아닌 경쟁자라는 생각이나 선생님이 아닌 잔소리꾼이라는 생각은 관계를 망친다. 마찬가지로 아버지와 아들로 맺어진 관계이면 그에 맞게 대해야 할 것이다.

인조가 소현세자를 죽인 사건과 비슷한 이야기가 조선 역사에서 반복된 일이 있었다. 영조와 사도세자의 이야기이다. 영조는 노론 세력의 힘으로 왕위에 올랐기에 표면적으로는 탕평책을 실시했지만 그 한계가 있었다. 하지만 사도세자는 노론보다 소론을 두둔했다. 왕권에 위협을 느낀 영조와 사도세자의 사이는 점점 멀어졌고 노론 세력의 부추김까지 합세해 영조는 결국 한여름, 세자를 뒤주에 가두어 굶어 죽게 한다. 소현세자의 경우와 똑같이 왕이 세자를 죽였고, 아버지가 아들을 죽였고, 권력자가 정적을 죽였다. 영조는 원래 늦둥이인 사도세자를 매우 사랑했다고 한다. 그러나 왕권에 대한 탐욕이 그 사랑까지 갈아엎었다. 아버지로서의 시선이 아닌, 왕으로서의 시선이 사도세자를 죽음으로 몰고 간 것이다. 결국 영조는 왕의 자리를 지켰다. 하지만 외아들을 죽이고 지켜낸 썩어빠진 권력 안에서 영조는 과연 행복했을까?

　글을 쓰면서 조금이나마 세상에 대해 배웠다. 잘못된 권력이란 게 참 징그럽다. 소현세자의 이야기가 사도세자에게 반복된 걸 보면 질리기까지 한다. 권력을 가짐으로써 가장 좋은 건 소중한 사람들을 걱정 없이 지킬 수 있다는 점일 텐데, 권력이라는 것 자체가 무슨 소용이 있을까. 이 책 안에서 권력은 인물들이 소중한 것을 보지 못하게 하는 눈가리개 같은 것이라고 생각했다. 내 경우에 그 눈가리개는 가족에 대한 안일함과 친구에 대한 경쟁의식일 것이다.
　생각해보면 사람들은 모두가 눈가리개를 하고 사는 것 같다. 소중한 사람의 장례식에서 그렇게도 슬퍼하는 것은 평소에 잘해주지 못한 것을 후회하기 때문일 것이다. 소중한 것을 잃고 나서야 눈가리개가 조금은 헐거워져 비로소 깨닫는 것은 아닌지. 이렇게 말하는 나도 모르는 사이에 소중한 것들을 놓치고 있을까 봐 좀 무섭다. 나도, 사람들 모두 다 눈가리개 따위에 얽매이지 말고 정말 소중한 것이 무엇인지 볼 수 있게 된다면, 그래서 더 행복해지면 좋겠다.

왕따, 우리의 이야기

3장

조인경

김려령, 「우아한 거짓말」, 창비, 2009

상처가 아문 듯 보여도 그 깊이를 가늠하기 어려울 정도로 아픈 게 바로 마음의 상처다. 세상을 살아가다 보면 이런저런 일들로 상처받기 마련이지만, 대개 자신만의 방법으로 다시 힘을 내고 꿋꿋이 이겨내곤 한다. 그러나 너무 많은 이야기들과 핑계들이 얽혀 해결하기가 굉장히 힘든 문제들이 있다. 예를 들면, 왕따.

왕따를 시키는 사람들에게는 그들만의 이유가 있다. 그러나 그 이유만으로 그들을 용서하는 것은 억지스러운 일이고 절대 그렇게 되어선 안 된다. 사회를 살아가는데 몇 번이고 맞이할 불리한 상황들은 누구에게나 같은 고충이고 걱정이다. 그 불리한 조건 안에서 자신의 이

익만을 챙기려는 사람들 때문에 따돌림이 만들어지고 왕따라는 상처가 만들어진다.

따돌림의 첫걸음, 소문 퍼뜨리기

천지의 아버지가 자살로 돌아가신 것이 아님에도 불구하고 화연은 그런 불분명한 소문을 퍼뜨린다. 그 진짜 같은 거짓을 조금이라도 흘려들은 아이들은 자신과는 전혀 상관없는 일이기 때문에 아주 당연하다는 듯이 그 이야기를 다른 친구들에게 전하고, 그 과정에서 자신의 입에서 나오는 이야기가 듣는 이들에게 좀 더 관심받기를 바라는 마음으로 사실이 아닌 사사로운 재미 요소까지 덧붙여버린다. 그로 인해 천지는 어둡고 칙칙한 아이가 되었으며 집단 안에서 말 못할 정신적 고통을 받는다.

새 학기가 시작된 얼마 전, 나는 평소 친해지고 싶었던 친구와 같은 반이 되었다. 하지만 그동안 친하게 지내던 아이들은 하나같이 입을 모아 말하곤 했다.

"A랑 깊게 지내지는 마."

이뿐만 아니라 정말 많은 이야기들이 귀에 들려왔다. 원래 그런 소리들을 마음 깊이 담아두고 있는 성격이 아니었음에도 불구하고 그때는 왜 그렇게 그 말이 신경 쓰였는지 모르겠다. 많은 생각과 걱정들이 뒤엉켜 나를 괴롭혔다. 하지만 짐작대로 그 아이는 나와 꽤 잘 맞는 부분이 많았고 점점 더 마음에 들게 되었다. 그런데 잊을 만하면 좋지 않은 평판이 들려왔고 또 다시 혼란스러워지는 악순환이 반복되었다. 그런 말들이 익숙해질 정도가 되니 친구들 간에 흔히 일어날 수 있는, 충분히 대화로 해결할 수 있는 사사로운 오해들이 생겨날 때도 괜히 더 심각하게 받아들여졌다. 내가 알지 못하는 사이에 A에 대한 선입견이 생겨버린 것이었다.

지금 A는 마음이 정말 잘 맞고 괜찮은 친구가 되었다. 물론 누구든지 간에 모든 이들이 자기 마음에 들 수는 없는 것이지만 그런 흔한 어긋난 감정 때문에 이야기를 보태어 한 사람을 엉망으로 만들 수도 있다는 것에 놀라웠고 걱정스러웠다. A에 관한 이야기들은 다른 이들에게는 사사로운 이야깃거리였으며 무분별하게 이야기가 전해지는 상황에서 그 친구의 귀에까지 들려버리고 아이를 힘들고 우울하게 만들 것이다. 성격이 맞지 않는 것이 죄라면 그 죄에 비해 너무나 가혹한 벌이다. 이것이 소문의 힘인 것이다.

사회 안에서의 소문은 흔히 '루머'라고 하는데 그 피해도 꽤 적지 않다. 특히 연예인루머는 굉장히 막강한 힘을 가진다. 대중매체가 발달되어 있고 문화산업이 폭발적으로 증가하고 있는 요즘, 연예인은 하나의 브랜드이며 비즈니스이다.

"인기 아이돌 P양, 일진설 일파만파."

"H양 K군 열애설."

이와 같은 작은 루머, 그러나 연예인으로서의 가치를 잃어버리게 할 수도 있는 루머들은 막강한 무기가 될 수 있다. 이를 이용해 각종 엔터테인먼트회사들끼리는 경쟁을 하기도 하고, 또는 신인들이 자신들의 이름을 알리기 위한 노이즈마케팅(자신들의 상품을 각종 구설수에 휘말리도록 함으로써 소비자들의 이목을 집중시켜 판매를 늘리려는 마케팅 기법)으로 사용하는데 이는 소문의 성질 그대로를 가장 효과적으로 사용하는 예이다. 결국 '소문'을 만드는 이들은 하나같이 모두 자신의 이익을 위해 앞뒤 가리지 않고 말을 내뱉는다. 그들의 이익이 어떤 것이든 더 이상 '말'로 인해 고통받는 이들은 없어졌으면 한다.

왕따를 만들 수밖에 없는 이유

화연은 천지를 상대로 관상용이자 화풀이용 친구 관계를 만들어 다른 아이들에게 가십거리를 제공해주며 아슬아슬하게 그 아이들과의 얕은 관계를 전전해왔다. 세 살 때부터 어린이집 종일반에 맡겨지며 그 나이에 받아야 할 부모님의 사랑은 턱없이 부족했고, 그를 보충하기 위해선 관심이 필요한데, 너무나 절실한 나머지 관심을 받는 방법을 잘못 택해버린 것이다. 처음에는 남의 물건에 손을 대고 못살게 구는 등 못된 행동으로 관심을 받으려 했지만 나이가 들수록 그 방법이 통하지 않는다는 것을 깨닫자 오히려 사탕이나 과자를 사주며 비굴해져버린다. 그리고 아이들이 식상해하지 않도록 점점 강도를 높여야 했다. 아이들은 넘쳐나는 재미있는 이야깃거리에 지루해하지 않았고 그동안 화연은 아이들을 즐겁게 해주기 위한 놀이동산의 아슬아슬한 피에로였다.

초등학교 시절을 회상할 때면 빠지지 않고 생각나는 친구가 있다. 처음 본 것이 5학년 때 같이 다니던 학원이었다. 연필이 도르르 내 자리 옆으로 떨어지기에 거리낌 없이 주워주려고 했다. 그러자 그걸 보고 있던 친구들은 기다렸다는 듯이 "그 더러운 걸 왜 주워줘. 그냥 저 멀리 던져버려"라며 아무렇지 않게 나와 아이를 비웃었다. 그 친구와 조금이라도 연관이 되면 모든 놀림감의 대상이 되어버리는 것이었다.

나중에서야 들은 이야기에 의하면 1학년 때 친구들 앞에서 실수를 해버렸다고 한다. 지금 생각하면 그 나이에 충분히 용서받을 수 있는 일이었는데, 처음 사회에 나와 어리둥절하기만 한 아이들은 집단이라는 지붕 아래에서 유대감 형성이 절실히 필요했고, 그것을 위해 왕따를 만들고 방관하게 되어버린 것이다. 그렇게 그들은 서로 누가 더 못된 짓을 잘하나 지켜보고, 행위가 더 악랄해질수록 아이들에게 스포트라이트를 받는 것을 깨달으며 자기가 나서서 더 추악한 행위를 저지르려 한다. 하지만 그들 중 대부분은 자기가 '왕따 만들기 놀이'와는 거리가 있는 사람이며 어쩔 수 없이 지켜볼 수밖에 없었다고 생각한다. 왜냐하면 그들은 단지 조금 더 관심받고 싶었을 뿐이고 '왕따 만들기 놀이'는 그 수단일 뿐이라고 생각하기 때문이다. 그러면서 '왕따'가 된 이들은 시간이 지날수록 점점 더 혼자가 될 뿐이다.

왕따 문화는 사회공동체를 와해시킨다. 이런 왕따 문화가 사회 곳곳에 침투되어 있는데, 이 문화는 어느 누구도 집단적인 요구로부터 벗어나서는 살아갈 수 없음을 넌지시 국민 모두에게 알리는 심리적 위협과 비슷하다. 옹호하고 싶고 이러지 말자고 말하고 싶어도 자신 또한 사회에서 소외될까 무서워 그러지 못하는 것이다. 정말 이기적인 생각이지만 모순이다. 왕따를 만든 그들은 각자의 사정이 있었고 자신의 사회적 생존을 위해 '왕따 만들기' 방법을 선택할 수밖에 없었다. 그러나 그렇다고 해서 그들이 용서받을 수 있는 것은 아니다.

흉터처럼 지워지지 않는 왕따의 상처

일부러 생일파티에 늦게 초대하기, 천지의 아빠가 자살로 죽었다고 소문내기 등, 천지는 화연의 짓궂고 악랄한 행동에 아무렇지 않다는 듯 맞서지만 사실 너무 괴롭고 힘들다. 이러한 진실을 알고 있지만 거드름을 피울 뿐 적극적으로 나서려 하지 않는 미라와 흥미로운 소설쯤으로만 생각하고 방관하는 친구들, 그리고 그 사이에서 애처롭지만 결과적으로 직접적인 주동자 천지. 이들 모두 천지를 슬프고 아프게 했다. 결국 천지는 가장 힘들고 나쁜 생각을 하게 되고 세상에서 발을 떼어내버린다.

나와 굉장히 마음이 잘 맞는 친구와 한번 왕따를 주제로 이야기를 한 적이 있었다. 그 친구가 소속되어 있던 무리 안에서 꽤 친하게 지내던 아이가 무리에 다른 몇 명의 아이들에게 밉보이는 행동을 하였다며 왕따를 시키자고 입이 모아졌다고 한다. 아이는 추위를 많이 타 수업 시간에 서랍 속에 장갑을 넣어놓고는 자주 끼곤 했었는데 그것을 아는 친구들은 장갑에 본드를 넣어 아이의 손에서 떨어지지 않게 했다고 한다. 내 친구는 그것을 직접 동조하진 않았지만(멀리 떨어져 방관했다고 함) 지금 그 생각을 하면 조금이라도 무리를 말려볼걸 하며 미안하다고 한다.

이런 구체적인 사례를 들은 것이 처음이기 때문에 어지간히 놀랐다. 아주 가까운 이들에게도 이런 일들이 벌어지고 있다는 것은 남 얘기가 아니라는 것인데, 형용하기 어려울 정도로 그들이 가엾고 불쌍했다. 이들은 시간이 많이 지난다 하더라도 결코 정상적인 생활을 하기가 쉽지 않을 것이다. 이런 아이들은 학생의 신분을 벗어나고 사회에 나아가서도 적응하기가 굉장히 힘들다. 자신을 받아주지 않는 사회에 분노하여 대개 범죄자가 되거나 마약에 손을 대기도 하는 등 사회에서 금기시되어 있는 것들을 태연하게 저지르곤 한다.

"저는 초등학교 때 왕따였으며 학교 가는 것이 죽는 것보다 싫었습니다. 무엇보다 몸이 망가지는 것보다 정신이 망가지는 것이 더 힘들었습니다."

밴드 '부활'의 멤버 김태원은 한국 3대 기타리스트이다. 그는 얼마 전 한 방송프로그램에서 자신의 외로운 과거를 고백했다. 초등학교 1학년, 어리기만 했던 그를 모든 친구들이 보고 있는 앞에서 선생님은 칠판에서 교실 끝까지 몰며 뺨을 때렸고, 그 일을 계기로 친구들

에게 무시당하기 일쑤였던 것이다. 당시 그는 말로 표현할 수 없을 정
도의 소외감이 들었고 집에서는 학교에 간다고 나와서는 학교 주위를
뱅뱅 맴돌기만 했다. 존경받고 있는 기타리스트의 고백은 사람들에게
충격을 주기에 충분했다. 그는 과거 마약에 손을 댄 사람이다. 그 어린
나이부터 극도의 소외감, 외로움을 느껴버린 그에게 보통 사람들이 흔
히 느끼는 그런 부정적인 감정들이 조금만 나타나도 다른 사람들과 비
교할 수 없을 정도로 극대화되어버리는 것이다. 그런 그에게 마약을
선택하는 것은 그다지 어려운 일이 아니었을 것이고 그렇게 그는 망가
졌었다.

집단회피, 왕따라는 단어의 파장은 가히 어마어마하다고 할 수 있
다. 사회적인 문제를 막기 위해서라도 외로운 이들에게 눈과 귀를 여
는 것은 꼭 필요한 일이다. 그 전에 나부터 바꿔야 할 것이다. 우리가
그들을 그렇게 만들어 놓았음에도 불구하고 자신에게 피해가 돌아올
때면 염치없이 "난 상관없는 일이야"라고 하기 전에.

소름 끼치는 집단 회피. 네가 아니면 나일 수도 있다.

외톨이가 벼랑 끝으로 발을 내딛기 전에

화연의 자극적인 만행들에 지친 천지는 '선입견'이라는 주제로 대
상이 명확한 글, 자살을 암시한 글로 아이들에게 경고를 하였다. 그 명
확한 대상인 화연은 발표를 계기로 그동안 천지에게 했던 만행을 진지

하게 사과할 수 있었던 적절한 기회가 왔음에도 불구하고 얼렁뚱땅 사과하는 척 넘어가버린다. 아이들은 화연을 두고 뒤끝이 없다며 털털하다고 하지만 어처구니없는 상황을 직면하게 된 천지는 더욱이 지쳐버린다. 이기적인 방관자 미라는 천지에게 "화연이는 발표 따위로는 꿈쩍하지 않아. 누구 하나 죽어야 정신 차릴 거야"라고 말한다. 은연중에 그런 생각을 하지 않았을 리가 없는 천지에게 나쁜 생각을 더 쉽게 할 수 있는 지름길을 터주고 만 것이다. 대놓고 천지에게 활을 쏘는 화연, "나도 충분히 힘드니 너 도와줄 형편 아니야"라며 대놓고 이기적인 방관을 하는 미라를 포함한 아이들, 천지는 나쁜 선택을 할 수밖에 없었다.

"어제 A동 16층에서 어떤 아줌마가 뛰어내렸대."

단어를 듣기만 해도 꺼림칙하고 뭔가 찜찜한 '이것'은 나와 전혀 상관없는 일 같지만 의외로 주위에서 빈번하게 일어나기도 한다. 우리 동네만 해도 내가 들은 것만 두어 번이다. 그것은 즉, '자살'이라는 것이 어느새 많은 사람들에게 꽤 익숙한 말이 되었을 것이란 말이다. 이렇게 되면 왕따, 집단회피 등 우울증을 포함한 온갖 부정적인 감정을 불러일으킬 수 있는 요인들은 자살의 원인으로 보다 더 부각될 것이다. 그러면 그렇게 생각하지 않던 사람마저 매스컴의 보도 등으로 인해 은연중에 자살이라는 말이 익숙해져 있어 그 일을 쉽게 생각하고 결심할 수가 있다.

평소 아토피 증상을 보이던 K군의 주변 학생들이 "냄새가 난다",

"더럽다" 등의 폭언을 하며 화장실도 제대로 가지 못하게 하는 등 소위 '왕따'를 시켰다. K군의 어머니 역시 지난 4월 수학여행을 다녀온 후 K군이 "같은 반 몇몇 아이들이 주동해서 집단 따돌림을 했다"고 하며 왕따를 당해서 죽고 싶다고 말했다고 했으며 이에 2학기 초 담임교사와 상담을 했었다고 알려졌다. 결국 K군은 투신자살을 시도하였고 중퇴에 빠져 있다.

잊을 만하면 뉴스에 나오는 이런 충격적인 내용에 흠칫 하는 것도 지칠 정도로 이런 일이 흔해진 것이 사실이다. 그래서인지 드라마나 영화에서도 자주 소재로 이용되기도 하는데, 어린 나도 그런 것을 보고 무덤덤할 정도라면 이제 조금 조심스러워질 필요가 있다. 무덤덤해졌다는 것은 이제 그것에 더 이상 위화감을 느끼지 않는다는 것이고 나또한 그것을 쉽게 생각해버릴 수가 있다는 것인데 정말 무서운 일이 아닐 수 없다. 나만 이런 것일까? 아니다. 나와 같은 이들이 수없이 많을 것이다. 더 무서운 일이 일어나기 전에 그 원인을 해결해야만 한다. 생명을 하찮게 생각하는 일이 있기 전에 그들과 눈을 맞추며 대화하고 포용하고 위로해주어야 한다. 삶과 죽음의 그 가파르고 얕은 경계에서 서성이고 있는 이들을 도와주자.

왕따라는 민감한 부분을 주도면밀하게 파고드는 이야기들은 학생인 나에게 굉장히 자극적이었다. 『우아한 거짓말』은 가해자의 입장을 충분히 고려할 수 있는 새로운 관점과 그 못지않은 피해자의 아픔들을 직설적으로 파고들어 그동안 시도해보지 못했던 새로운 방향의 생각들과 더 가슴 깊이 와닿는 반성을 할 수 있도록 해주었다.

왕따에서 자살까지. 해결되어야 하는 문제임은 알고 있었지만 일을 극으로 치닫게 할 정도로 극악무도한 것일 줄은 생각도 못했다. 나도 내가 비방한 그 이기적인 방관자들 중 하나라는 사실은 조금 충격적이었고 나 자신에 대한 실망감에 허탈하고 속상했다. 그러나 그로 인해 내 행동이 좀 더 조심스러워졌음은 물론이고, 항상 그들을 따뜻한 눈길로 바라볼 수 있도록 노력할 수 있는 계기가 될 수 있었다. 항상 명심할 것이다. '우아한 거짓말'로 나 또는 너의 삶이 한순간에 망가질 수가 있다는 것을.

보이는 게 전부는 아니야

채유빈

백영옥, 『다이어트의 여왕』, 문학동네, 2009

"한 번도 뚱뚱해본 적 없는 여자는 뚱뚱한 사람들이 겪는 고통에 무감하다"라는 구절을 읽을 때는 나도 모르게 공감이 되었다. 전 세계의 사람들 중 뚱뚱한 사람들의 마음을 아는 사람이 과연 얼마나 있을까? 한번쯤은 생각해볼 만하다.

날씬한 사람들은 더욱 예뻐지기 위한 다이어트이지만 뚱뚱한 사람은 살기 위한 다이어트다. 살기 위해서, 몸의 건강을 찾기 위해서 하는 다이어트……. 그 사람들의 고통은 아무도 모른다. "다이어트를 한 사람과 금연을 한 사람과는 친구가 되지 마라"는 말이 있다. 이 말은 다이어트를 성공한 사람, 금연을 성공한 사람은 독하다는 뜻이지만 그 행동을 한 사람은 그만큼 참기 힘들었기 때문에 다이어트와 금연이라는 선택을 한 것이다.

살로 인해 가지게 되는 영광

주인공인 연두는 〈다이어트의 여왕〉이라는 프로그램에 나가기로 결심을 한 후 프로필 사진을 찍기 위해 비키니를 입고 거울에 비친 자신의 모습을 본다. 연두는 王자 대신 三자가 있는 배의 모습과 갑자기 살이 쪄 트게 된 피부를 보며 자신의 몸 상태가 심각하다는 것을 깨닫게 되고, 더욱 다이어트의 대한 욕망을 더욱 키워낸다. 연두가 얼마나 뚱뚱한지는 모르겠지만, 뚱뚱한 사람들이 거울을 보면서 드는 생각을 나타낸 것 같다. 나 또한 씻다가 내 몸을 거울로 보면 어느 순간에 칼을 들어 내 몸에 붙어 있는 살을 도려내고 싶어진다.

초등학교 저학년 때 여름이 되면 매주 가던 수영장을 고학년이 되면서는 가는 것이 꺼려졌다. 마치 수영장에 있는 사람들이 모두 나의 몸을 보고 얘기하거나 비웃는 것만 같았다. 마치 사람들이 날 보면서 "도대체 쟨 무슨 자신감으로 수영장에 왔대?"라는 말을 하는 것만 같았다. 그러면서 나는 몸을 가리기 위해 수영복 위에 다른 사람들이 타지 않기 위해 입는 옷을 하나 더 걸쳐 입기 시작했다. 그리고 수영장에서 다 놀고 난 후 샤워실이나 탈의실에서도 먼저 구석에 가서 사람들 눈에 잘 띄는지 안 띄는지 확인한 다음에야 씻거나 옷을 입고 그렇게

밖에 나오곤 했다.

뚱뚱한 사람을 보면 사람들은 무심코 '돼지'라는 말을 내뱉는다. 아마 게으르고 뚱뚱하고 더러운 동물로 인식되는 돼지처럼 뚱뚱한 사람들도 그럴 것이라는 편견을 가지게 된 것 같다. 그런 대표적인 편견으로는 뚱뚱한 사람은 게으르다, 자기관리를 못한다, 운동을 못한다는 것이 있다. 그렇지만, 뚱뚱한 사람이 모두 게으르고 자기 관리를 못하고 운동을 못하는 건 아니다. 편견이 더욱 많아질수록 뚱뚱한 사람들은 살아가기가 힘들게 될 것이다. 뚱뚱하더라도 자신이 맡은 일을 잘 할 수 있다. 만약 할 수 있는 일이 하나도 없다면, 뚱뚱한 사람들은 이 사회에 나오기 싫어하지, 나오기 위해 노력은 하지 않을 텐데 말이다. 뚱뚱한 사람에 대한 편견을 조금이라도 없애면 뚱뚱한 사람은 살아가기가 조금이라도 편하게 될 것이다.

뚱뚱하기 때문에 너랑 나랑은 달라

〈다이어트의 여왕〉에서 첫 탈락자가 나온 후 출연자들이 모두 같은 장소에 모여 첫 탈락자에 대한 얘기를 한다. 송준희는 인터뷰를 하면서 출연자들이 앞에서는 탈락자에 대해서 슬픈 척 아쉬운 척하지만 뒤에서는 자신이 안 떨어져서 다행이라고 안심해 할 거라는 말을 하며 자신은 살아가는 동안에 외모를 중시해야 한다고 말한다. 외모는 어떤 부분에서는 필요하면서 중요하지만 어떤 부분에서는 전혀 중요하지 않다. 예를 들자면, 미스코리아나 슈퍼모델 같은 직업은 겉모습이 예뻐야 한다. 그렇지만 사무직이나 겉모습을 꾸미지 않는 일을 한다면 외모를 중시하지 않아야 한다고 생각한다. 세계에서 많은 부분이 외모지상주의에 빠져 있다.

초등학교 3학년 때 반 아이들이 전부 숙제를 해오지 않아 크게 혼난 적이 있었다. 나는 선생님이 내준 것에 대해서 해오지 않으면 체벌하는 것과 혼내는 것은 당연하게 생각했다. 이때 숙제를 하지 못한 걸로 혼난 것보다는 선생님이 반 아이들을 차별하는 것이 더욱 슬펐다. 나는 숙제 5개 중에서 3개를 해왔었다. 그런데도 난 다른 친구보다 꽤 많이 맞았었다. 그런데 5개의 숙제를 아예 해오지 않은 친구가 있었는데 그 친구는 나보다 더 적게 맞았다. 그 사실을 알게 된 후 나는 울컥해서 눈물이 났다. 확실히 그 친구는 때리면 뼈가 부서질 것 같다는 생각이 들 만큼 말랐고 약하게 생겼다. 그에 비해 나는 너무나 건강해 보였다. 선생님이 너무 건강한 나의 모습을 보고 더 많이 때린 것인지, 내가 잘되라고 때린 것인지 궁금하다. 그 당시 선생님은 우리에게 정확한 기준과 몇 대를 때린다고 말을 하지 않으셨다. 그래서 숙제를 많이 해온 아이도, 해오지 않은 아이도 자신이 몇 대를 맞아야 하는지 정확하게 모르고 있었다. 나는 체벌할 때이든 무엇이든지 정확하게 기준을 내려야 한다고 생각한다. 그렇지 않으면 사람들은 그 의견을 반대할 것이다.

뚱뚱한 사람들은 뚱뚱하기 때문에 받는 불이익이 꽤 있다. 먼저,

뚱뚱하면 입을 옷이 없다. 뚱뚱한 사람들이 옷을 사는 건 하늘의 별따기만큼 어렵다. 옷가게에 가면 있는 사이즈라곤 44, 55, 66 사이즈밖에 없다. 그러다 어떤 옷가게에만 더 큰 사이즈가 있다. 그래도 이 사이즈마저 맞지 않아 자신이 직접 천을 떼다가 옷을 만들어 입는다. 또 뚱뚱한 사람들은 다른 사람들이 많이 피하게 된다. 아무도 왜 피하는지 이유는 말하지 않는다. 굳이 이유를 물으면 그냥 싫다고 한다. 아무 피해를 주지 않는 사람이 싫다고 하면, 그 사람은 어떻게 할 수가 없다. 이렇게 계속해서 뚱뚱한 사람들이 불이익을 받는다면 뚱뚱한 사람들의 사회생활은 더욱 힘들어질 것이다.

거부하지 말아요!

〈다이어트의 여왕〉이 끝난 후 계속해서 스트레스를 받은 연두는 결국 거식증에 걸리게 된다. 거식증에 걸린 후에도 치료를 받지 않아 친구의 도움으로 거식증 치료를 하는데 치료 프로그램 중의 하나로 먹은 음식을 기록하는 다이어리를 쓴다. 같이 하는 사람들 중에 빵 세 조각을 먹고 배가 부르다고 우는 여대생도 있고, 초등학생도 조금 먹고 배가 부르다면서 우는 장면이 있었다. 연두도 먹은 음식을 쓰는 다이어리에 자잘한 것까지 다 썼지만 점점 지나면서 먹는 것에 두려움이 사라졌다. 연두처럼 거식증에 걸린 사람들이 먹은 음식을 적는 다이어리를 쓰면서, 거식증에서 벗어나고 건강한 몸으로 이 사회를 살아갔으면 좋겠다.

　나도 거식증에 걸릴 뻔한 적이 있었다. 중학교 2학년 때 확실히 살을 뺄 각오를 하고 다이어트를 하기로 마음을 먹고 시작했다. 나는 운동을 하지 않고 먹는 것을 줄이는 것만으로도 살이 빠져서, 더 적게 먹으려고 했고 그렇게 몇 달이 지나다 보니 어느 순간 먹는 것이 두려워졌다. 먹고 난 순간 바로 체중계 위에 올라가 몸무게를 재고 어떻게든 찐 살만큼 다시 빼려고 했었다. 그리고 그 후에는 아예 먹지 않으려고 했었고, 먹어도 몇 숟가락만 먹고 배가 부르다면서 안 먹으려고 했다. 여름방학 때는 하루에 한 끼를 먹으면서 지낸 적이 많이 있었다. 그런데 결국 그렇게 먹는 것이 몸에 더 안 좋다는 걸 알게 되면서 다시 세 끼를 꼬박꼬박 먹게 되었다. 살이 찌더라도 몸이 좋아지는 것 같아 살이 찌는 것에 대해 스트레스를 받지 않게 되었다.

　외모지상주의란 외모를 인생을 살아가거나 성공하는 데 제일 중요한 것으로 보는 사고방식을 뜻한다. 외모지상주의가 점점 심해짐에 따라, 각종 성형수술이 늘어나게 되고 성형수술을 많이 함에 따라서 성형수술에 대한 부작용도 생기게 되어 많은 사람들이 고생하고 있다. SBS 프로그램 〈세상에 이런 일이〉에 나온 '선풍기 아줌마'는 자신의 아름다운 외모를 더욱 아름답게 꾸미기 위해 자신의 얼굴에 스스로 성형시술을 하였다. 그러면서 얼굴이 흉측하게 변했다. 또 연예인도 실력보다는 외모를 보고 뽑는 경우가 많아지면서 사람들도 먼저 얼굴을 본 다음 사람의 됨됨이를 보게 되는 경우가 늘고 있다. 어떤 직업이

나 일에서는 외모가 전혀 중요하지 않은 부분이 있다. 무조건 외모를 보기보다는 사람들의 내면을 본 다음에 그 사람을 평가하는 게 어떨까 하는 생각이 든다.

따뜻함 속의 슬픔

〈다이어트의 여왕〉이 끝난 후에 집에 돌아와 옷장 정리를 하던 연두는 뚱뚱하던 시절 가장 좋아했던 니트를 보면서 자신이 외국 대학에 다니면서 옷을 입고 돌아다니던 모습을 생각한다. 연두는 뚱뚱하던 시절과 〈다이어트의 여왕〉 프로그램을 하면서 힘들었던 것이 떠오르면서 뚱뚱했을 때 입었던 니트가 편안하게 느껴졌다. 아마 이때 연두는 자신이 살을 빼고 난 뒤 김한숙 사건, 송준희 사건 등 많은 사건이 일어나게 되면서 〈다이어트의 여왕〉에 출연하기 전인 뚱뚱하던 시절이 가장 행복했다고 생각을 하게 되고 니트가 편하게 느껴지게 된 것 같다.

만약 연두가 실제로 존재한 인물이라면, 연두는 정말 다행이다. 외국에서는 뚱뚱한 사람의 옷, 날씬한 사람의 옷이 모두 다 많이 있기 때문에 뚱뚱했어도 옷을 구하기가 쉬웠을 것이다. 아직 우리나라에는 뚱뚱한 사람들이 입을 수 있는 옷이 많이 없다. 입으려고 하면 대개 작은 사이즈가 많고, 큰 사이즈를 입으려고 하면 디자인이 예쁘지 않거나, 마치 아줌마들이 입는 옷 같다.

나는 어릴 때부터 뚱뚱해서 옷가게에 가서 예쁜 옷을 입고 싶어도 예쁜 옷은 나에게 맞는 사이즈가 없어서 입을 수 없었다. 그래서 항상 나에게 맞는 옷을 사려고 하면 펑퍼짐한 옷이거나 길이가 긴 옷이었다. 그렇다고 해서 모든 옷가게에 나한테 맞는 옷이 있는 것은 아니었다. 그 중에서도 마음에 드는 옷을 입으면 펑퍼짐하거나 더 뚱뚱해 보이거나, 길어서 다리가 짧아 보이는 경우도 있었다. 그래서 옷가게에 들어가면 항상 나한테 맞는 사이즈가 있는지 먼저 물어본 다음에야 옷을 고르고 샀다. 그렇지만 옷가게의 사람들 중에서도 나쁜 사람들이 있었다. 사람들이 '손님한테 맞는 옷은 없습니다' 라고 말을 해주면 나도 아무렇지 않게 나가지만, '당신같이 뚱뚱한 사람에게는 맞는 옷이 없습니다' 라고 말을 하면 옷가게에 행패를 부리고 싶을 만큼 짜증이 치솟는다.

사람들은 뚱뚱한 사람이 옷을 타이트하게 입거나 짧은 옷을 입으면 좋지 않게 본다. 뚱뚱한 사람들도 사람이기 때문에 더워서 옷을 짧게 입을 수도 있고, 예쁘게 보이고 싶어서 타이트하게 옷을 입을 수도 있다. 그렇지만 사람들은 옷을 그렇게 입으면 사람을 앞에다 두고 좋지 않게 보거나 나쁜 말을 하여 상처를 주게 된다. 막상 날씬한 사람이 옷을 그렇게 입으면 예쁘다 한다. 같은 사람인데 사람들은 사람의 덩치를 보고 못생겼다, 예쁘다고 평가를 한다.

끝이 없는 인간의 욕심

〈다이어트의 여왕〉이라는 프로그램이 끝난 뒤에도 방송에서 얼굴을 알린 모든 출연자들은 그들의 모습이 모두 기삿거리가 되었다. 연두가 지나가면 길을 지나가던 시민들은 연두를 알아보고 "살 빠졌다", "살 안 빠졌다"라는 말을 뒤에서 하면서 수근거렸고, 그 말을 계속해서 들은 연두는 스트레스가 쌓였다. 다른 출연자들의 사생활도 계속해서 기사에 올라왔다. 그러면서 연두는 스트레스가 많이 쌓이게 되고 날씬하면서도 계속해서 예뻐지기 위해 다이어트를 한다.

어린 시절 정말 예뻤던 언니가 있었다. 주위 사람들도 미스코리아에 나가보라고 할 만큼 예뻤다. 그런데 그 언니는 더욱 예뻐지기 위해 계속 성형을 했고, 많은 성형으로 인해 부작용이 생기고 우울증까지 생겨 이제는 집 밖으로는 잘 나오지 않는다. 잘못된 생각으로 인해 그 언니는 자신의 몸에 대한 자신감을 한번에 잃게 되었다. 예쁘게 되고 싶은 사람들의 마음은 모두 다 같지만, 너무 과하면 원래의 모습에도 미치지 않는 얼굴이 되어버린다. 또 나의 사촌언니는 어린 시절 얼굴이 못생겼다고 하면서 성인이 된 후 성형을 많이 하였다. 그래서 사촌언니는 어린 시절 얼굴과 지금의 얼굴을 보면 딴 사람처럼 다르게 보인다. 그래도 그 언니에게 고민은 있다. 사촌언니가 결혼을 했는데 자신의 과거 사진을 볼까 봐 항상 조마조마하며 살아가고 있다고 한다.

예뻐지기 위해 성형을 하였어도 너무 과하게 되어 예전의 얼굴을 찾아볼 수 없게 된 사람과 성형을 하였지만 예전과도 너무나 다른 자신의 얼굴을 보는 사람은 얼마나 힘들게 살아가고 있을까? 앞서 말했듯이 많은 사람들이 어린 시절부터 한결 같은 모습을 보이기를 바라고 있다. 그래서 많은 사람들이 많은 관심을 주는 연예인은 더욱더 과거와 같은 모습을 가져야 한다. 그래서 연예인들이 성형수술을 하거나 하면 성형 전후 사진을 올리면서 악성 댓글을 달고, 다이어트를 했다고 해도 믿지 않고 시술로 살을 뺐다고 한다. 연예인들도 사람이라서 대중들에게 더욱 예뻐 보이고 싶고, 멋져 보이고 싶어 자신을 관리하는 것인데 그에 비해 사람들은 그런 것을 안 좋게 보고 있다. 또 이제는 연예인뿐만 아니라, 일반인들에게도 한번 텔레비전에 출연하거나 하면 바로 신상공개를 하거나 인터넷에서 악성댓글을 다는 등 사람들에게 상처가 되는 행동을 한다.

나 자신도 사람을 편견을 가지고 바라보았다는 것에 대해 반성을 하게 되었다. 길을 가다가 몸이 불편한 사람들을 보면 괜히 눈을 피하면서 종종걸음으로 길을 걸어갔다. 아니면 노숙자들을 보게 되면 불쌍한 사람이라고 생각은 하면서도 사람들을 피하면서 가게 되었다. 이 세상을 살아가는 사람은 모두 같은 사람이다. 누가 더 잘났고 못났다는 건 중요하지 않다. 서로 같이 살아가는 것이 더 중요한 것이다. 편견을 가지고 다른 사람들을 보았다면 이제는 같이 살아가는 사람으로서 서로 도와주는 삶을 살아가는 게 중요하다고 생각한다.

5장 교감의 순간들

금지원

로렌스 앤서니, 『바그다드 동물원 구하기』, 뜨인돌, 2009

혹시 '애니멀 커뮤니케이터'란 말을 들어보았는지. 애니멀 커뮤니케이터는 동물들과 함께 교감함으로써 동물의 마음을 읽는 사람을 말한다. 솔직히 믿지 못하는 사람들도 많을 것이다. 사람이랑 동물이랑 무슨 대화를 해? 거짓말이야.

하지만 동물들과 교감하는 것은 어려운 것 같으면서도 쉽다. 사랑으로 마음으로 보살펴주고 아껴주면 된다. 이런 마음이 있기에 애니멀 커뮤니케이터는 그들과 마음으로 얘기할 수 있는 것이다. 『바그다드 동물원 구하기』의 저자 로렌스 앤서니는 환경운동가이지만 바그다드 동물원의 동물들을 구하는 순간에는 동물들의 마음을 치료해주는 애니멀 커뮤니케이터였다.

포기할 줄 모르는 마음

폭탄이 떨어지고 무서운 총소리가 들리는 전쟁 중인 이라크의 수도 바그다드. 지금 전쟁 중인 바그다드에는 아랍에서 제일 유명했던 바그다드 동물원이 있다. 자기 목숨을 부지하느라 동물들은 신경도 쓰지 않는 열악하고 낯선 땅에서 단지 동물들의 목숨을 구하기 위해서 로렌스 앤서니는 전쟁 속으로 몸을 던진다. 처음 이 장면을 읽었을 때 '바보 같아. 솔직히 나도 동물들을 좋아하고 아끼지만 단지 동물들을 구하기 위해서 자기 목숨을 내던지다니' 라는 생각밖에 나질 않았다.

그는 한 집의 가장으로 살아왔던 환경운동가이다. 어느 날 뉴스에서 나오는 이라크전쟁과 바그다드 동물원을 보고 조금도 주저하지 않고 바로 그들을 향해 달려간 사람이다. 그 엄청난 전쟁 속에서도 바그다드 동물원에 살아있는 작은 생명 하나도 포기하지 않으려고 했다. 책을 다 읽고 나서 생각해 보니 섣불리 생각을 한 나 자신이 부끄러웠다. 나는 그때 로렌스 앤서니를 '바보같이 목숨을 버리는 사람' 으로 해석했기 때문이다. 사실 그는 자신의 목숨을 내던져서라도 동물들을 구하려는 사람인데 말이다.

나는 무언가를 계속 포기하고 다른 걸 시도하다가 또 쉽게 포기하는 사람이다. 옛날엔 뜨개질을 한번 해본답시고 실을 사 왔는데 별로 가지도 못하고 끝나버렸다. 그리곤 십자수를 베개에 놓아본다고 십자수 연습을 많이 했지만, 바늘에 찔릴 때마다 아프고 계속 작은 구멍을 지켜보니 눈도 아프고 해서 그만둬버렸다. 그렇게 내가 포기해버린 것은 10개에서 20개, 20개에서 40개, 그렇게 점점 늘어났다. 계속 포기하면서 지내던 나에게 '포기'라는 것을 떨쳐버리게 한 것이 있었다. 바로 직소퍼즐이다. 직소퍼즐은 보통 퍼즐과 다르게 퍼즐판이 없다. 그만큼 조각 개수가 많고 어렵다. 어느 날 마트에 갔는데 눈에 띄어서 덥석 사버리고 나선 비닐을 뜯고 나서야 깨달았다. '이거 퍼즐판이 없잖아!' 나는 그것조차 모르고 비닐도 뜯어버린 상태라 환불도 못했다. 어쩔 수 없이 설명서를 읽고 퍼즐을 맞추기 시작했다. 그런데 퍼즐을 맞추느라 시간 가는 줄 몰랐던 나는 저녁 9시에 시작한 것을 새벽 2시까지 맞추고 있었던 것이다! 순간 깜짝 놀랐다. 그렇게 포기 잘하는 내가 무려 다섯 시간 동안 가만히 앉아서 퍼즐을 맞추고 있었던 것이다. 그 순간 나는 알았다. 포기하지 않는 마음만 있다면 불가능한 것이라도 가능하게 만든다는 것을.

2011년. 전 세계의 가슴을 철렁이게 한 일본 대지진. 수만 명이 그대로 쓰나미에 지진에 목숨을 잃었다. 거기에다가 원자력발전소에서 문제가 발생하여 일본의 상태는 심각했다. 그러나 이런 재앙에도 불구하고 목숨을 아끼지 않고 원자력발전소에 남았던 사람들이 있다. 그리고 피해지역을 포기하지 않고 수색한 구조대원들. 하지만 이런 노력에도 불구하고 원자력발전소는 폭발하였다. 그로 인해 원자력발전소 주위에 있던 사람들은 폭발로 사망하거나 심각한 중상을 입었다. 그리고 원자력발전소에 남았던 사람들은 방사능을 너무 많이 쏘여서 건강에 문제가 많이 생겼다. 이런 힘든 상황 속에서도 포기하지 않는 마음으로 땀 한 방울, 한 방울 흘리며 자기 자신보다 남을 더 생각한 일본인들의 생각이 지금의 기적을 만든 것은 아닐까.

책임지지 못한다면 시작도 하지 마라

바그다드의 한 부유한 집. 그 집 안에 있는 철장 속에는 죽은 원숭이 일곱 마리와 아기원숭이 한 마리가 있었다. 모두 애완용으로 길들여진 원숭이들이었다. 이 집의 주인 우다이는 사담의 아들이다. 그들은 전쟁이 일어나고 원숭이와 그 외 집 안에 있던 사자들을 버리고 살 길을 찾아 떠나버렸다. 자신을 버리고 참혹하게 만든 인간이 사과를 내밀어주는데도 신난 아기원숭이는 의심할 여지도 없이 로렌스에게 달려와 사과를 먹었다. 그런 모습에 로렌스는 화가 났다. 당연한 일일지도 모른다. 왜냐하면 이 원숭이들은 길들여져 있다. 그렇다면 최소한의 애정으로 데려가거나 도망가게 해주어야 했을 것이다. 자신의 살길만 보고 전혀 원숭이들은 생각조차 안 한 것이었다. 아기원숭이는 분명 아무것도 모른 채 자기 가족들이 죽어가고 있는 모습을 보고 있었을 것이다. 한 마리 쓰러지고, 또 한 마리, 또 한 마리, 그렇게 일곱 마리가 차례차례 숨을 거둔 것이다. 아기원숭이는 그 모습을 보면서 얼마나 무서웠을까. 서로 같이 먹고 살아가던 가족들이 눈앞에서 죽는다는 것은 생각보다 더 충격적일 것이다. 하지만 그럼에도 불구하고 사과 한 개를 보고 달려와 로렌스에 품에 안겼던 천진난만한 아기 원숭이를 보며 고개를 떨굴 뿐이다.

학교 앞 작은 상자 안의 병아리들. 언제 팔려갈지도 모르고 언제 죽을지도 모른다. 작은 생명이 500원에 팔려나가고 초등학생들은 병아리를 가지고 논다. 생명의 소중함을 몰랐던 것일까? 그땐 아마 철이 없었을지도 모른다. 호기심이 넘쳐 이것도 해보고 싶고 저것도 해보고 싶었을 것이다. 분명 나도 그랬을 것이다. 하지만 너무 심한 짓이었다. 병아리를 잡아서 미끄럼틀 위로 올라가서 던졌다. 날지 못하는, 아무것도 모르는 병아리는 그저 추락했을 뿐이다. 그러고는 그 모습을 보고 아이들은 웃었다. 재밌어. 다시 해보자. 딴 걸 해보자. 그 후로 또 한 번, 또 한 번 그렇게 병아리는 아파했고 결국 죽었다. 죽은 병아리는 아무 말도 하지 못한다. 나는 단지 그런 병아리를 위해 눈물을 흘렸을 뿐이다.

그 뒤 나는 병아리를 샀다. 그리고 정성껏 돌봐주었다. 제2의 슬픈 병아리가 없도록. 그러나 나는 결국 그 병아리를 책임지지 못했다. 병아리는 커서 중닭이 되었는데 몸집이 커져서 결국 할아버지 댁으로 보냈다. 매년 설날, 추석 때 잘 있는지 보았고 커서 암탉이 되었다. 그런데 어느 날 내 닭이 보이지 않았다. 내가 정성껏 돌봐온 병아리가 그렇게 허무하게 삶을 끝내다니 어이가 없고 황당했다. 그 후로 내가 책임지지 못할 짓은 하지 않게 되었다. 특히 애완동물을 기르는 일은.

이런 일은 흔히 있다. 버려지는 애완동물들. 사정이 있어서, 이사를 해서 데려갈 수 없어서, 병이 있어 치료비용이 들어서 등 많은 이유로 애완동물들이 버려진다. 그래도 멍청하게 동물들은 그 자리에서 그대로 주인을 기다린다. 언젠가 데리러 오겠지, 주인이 짠하고 나타나겠지라는 믿음 하나로 몇 개월이 흐르고, 몇 년이 흘러도 그 자리 그대로 주인을 기다리고 있다. 이렇게 기다리다가 죽는 개들이 몇만 마리, 길거리에서 떠도는 유기견이 몇만 마리, 안락사 돼서 죽는 개들이 몇만 마리. 그리고 우리나라는 옛날부터 가축이 귀해서 고기를 잘 먹지 못해 개들을 보신탕으로 썼다. 개를 먹어야 했던 건 어쩔 수 없을지 모르지만, 지금 식용견을 기르는 사육장을 가보면 환경은 심각하며 도저히 먹을 수 없는 것을 사료로 주고 있다. 투견도 마찬가지다. 싸우다, 싸우다 늙으면 식용견으로 팔고 버린다. 이런 것에 대해선 아직 법이 없다. 그렇지만 열악한 환경에서 사육되는 투견과 식용견의 사육 방법을 개선했으면 좋겠다. 우리나라의 동물보호법은 아주 가볍기에 이런 현상이 많이 일어난다. 그래서 우리나라의 동물보호법을 무겁게 해서 개정하였으면 하는 바람이다.

배려하는 마음

로렌스 앤서니는 처음으로 마음을 열어준 갈색 곰 새디아를 위해 이렇게 말했다. "이젠 우리가 널 지켜줄게." 그는 새디아 외 모든 동물들을 배려해주었다. 그들이 필요한 것은 무엇이든지 자신이 가진 돈을 털어서라도 구했다. 먹이나 물, 혹은 쾌적한 환경. 그것을 위해서라면 그는 몇 달러를 쓰던지 상관하지 않았다. 처음에는 전쟁으로 인해 어쩔 수 없이 동물들은 죽을 수밖에 없다고 생각했다. 전쟁 중에 사람들이 죽는지도 모를 판에 동물을 어떻게 돌보는지. 하지만 이 책을 읽고 나서 동물들도 생명인데 무자비하게 내버려두는 것이 아니라, 한 생명으로서 구조해줘야 되지 않았나 하고 생각한다. 그렇기에 로렌스는 다른 사람들 몫까지 더 열심히 동물들을 돌보지 않았을까.

우리집은 아파트 11층으로, 비둘기가 날다가 쉬어가기 적당한 층이다. 비둘기들이 똥도 싸고 가서 여름에 더울 때 창문을 열면 온 집에 똥냄새가 퍼진다. 여름 어느 날 베란다 문을 열어보니 떡하니 비둘기가 둥지를 짓고 알을 낳아둔 것이었다. 순간적으로 '어, 알이네. 하하. 그럼 새끼비둘기가 태어나겠구나! 그럼 밥도 많이 먹겠고! 그럼 똥도 싸겠지?' 순간 알을 던질 뻔했다. 원래 더위를 잘 타지는 않지만 나이가 들면서인지 점점 더위를 많이 타게 되었다. 더운 여름날, 비둘기 새끼가 부화하면 똥을 엄청 쌀 것이고, 그걸 새끼비둘기가 떡하니 버티고 있으니 씻어내지도 못할 것이다. 결국 우리집은 땡볕 여름날 창문을 모두 닫고 선풍기와 부채에 의지하면서 살아야 했다. 그해 여름은 그래서 더욱 더웠던 것 같다.

그런데 어느 날 베란다에 나가 보니 있어야 할 새끼비둘기는 없고 주인 없이 텅 빈 둥지가 나를 반겼다. 순간 그동안 비둘기에게 해주었던 일들이 주마등처럼 지나갔다. 밥 챙겨줬지, 혹시 스트레스라도 받을까 베란다 근처도 못 갔는데 이런 배은망덕한 것들! 이라고 소리쳤다. 내가 학교에 있어서 어쩔 수 없이 보지 못한 것이지만 너무 아쉬웠다. 휴대폰에 찍어둔 새끼비둘기를 보니, 똥만 듬뿍 주고 간 못난 오리 새끼들 같지만 너무 귀여웠던 새끼비둘기들. 비가 오는 날에 베란다 청소를 할 때면 깨끗해진 자리에 그들의 흔적들은 사라지고 없지만, 내 마음속에는 아직도 한구석이 허전하게 남아있다.

영원한 침팬지들의 친구 제인 구달. 제인 구달은 어려서부터 동물들을 좋아해서 아프리카로 가서 동물들과 같이 살아가는 꿈을 꿨다. 그녀는 1960년 탄자니아로 가서 무려 40년 동안이나 침팬지를 위해 살았다. 그녀는 그 당시 모든 침팬지에 대한 모든 학설을 뒤집어 놓았다. 인간만 도구를 쓸 수 있다는 것이 아니라 침팬지들도 도구를 쓸 수 있으며 우리들처럼 사회에티켓도 있으며 서로 친목을 다지기도 한다. 제인 구달은 침팬지들에게 피해를 주지 않으면서 가만히 숲속에서 침팬지들이 다가오기를 천천히 기다렸다. 그러자 침팬지와 마음이 통했던 것인지 침팬지들이 다가와 제인 구달에게 손을 내밀어주었다. 내가 만약 그녀였다면 도중에 포기했을지도 모른다. 그 숲속에서 단지 침팬지들과 친구가 되기 위해 몇 주를 보냈다면 그 시간을 후회하며 돌아섰을지도 모른다. 하지만 제인은 그 후 침팬지를 위해 보호구역을 만들고 연구소를 지었다. 침팬지의 언어를 배워 그들과 교감했으며 그들을 위해 기꺼이 한구석을 내준 지금도 그들을 위해서 모든 것을 주고 배려하는 제인 구달, 바로 그녀이다.

서로를 도와주는 아름다운 세상

로렌스 앤서니가 바그다드 동물원에 갔을 때 사자우리 안에는 새끼사자들과 개들이 함께 있었다. 분명 아무것도 먹지 못해 배가 고플 것인데도 불구하고 사자들은 개들과 함께 서로를 핥아주고 챙겨주었다. 그 힘든 시기를 같이 견뎌내면서 연대감이 생겼고 그 연대감은 굶주림이라는 고통을 초월할 만큼 강한 것이었기 때문에 그들은 서로 살아남을 수 있었다. 사자들과 개들은 생각했을 것이다. '내가 배고파서 너를 잡아먹는 것으로 그걸로 충분할까?' 라고 말이다. 우리에겐 모를 그들만의 생각이 통해서 그들은 서로를 챙겨줬을 것이다. 그들은 서로의 입장이 되어서 서로를 생각한 것이다.

우리 동네에는 떠돌이 고양이가 많다. 낮에는 별로 보이지 않지만 밤이 되면 눈을 번뜩이며 어디선가 나타난다. 그런 떠돌이 고양이들 중에서 유난히 특이한 녀석이 있었다. 오렌지색에 조금 옅은 갈색 줄무늬의 고양이였다. 그 고양이는 다른 떠돌이 고양이들과는 달리 사람들에게 다가와 비비적거리거나 애교를 떨었다. 그래서인지 동네 분들은 이 고양이에게 먹이도 주고 '왜용' 이라는 이름까지 붙여줬다. 그런데 어느 날 왜용 주변에 새끼고양이들이 있었다. 왜용과는 다른 검은색과 옅은 갈색의 새끼고양이였다. 그날부터 우리는 그 새끼고양이를 생각해서 물이나 소시지를 가져다주었다. 하지만 어느 날부터인가 더 이상 그 새끼고양이들은 보이지가 않았다. 동네 분들 말에 의하면 한 마리는 차에 치여 죽고 한 마리는 누가 함부로 데려갔다고 한다.

그들은 고양이의 입장이 돼서 생각해보지 않았다. 자기의 자식을 누가 함부로 데려가거나 자식이 죽었다고 생각해보자. 분명 말로 표현할 수 없을 정도로 끔찍할 것이다. 아무리 떠돌이 고양이라도 우리가 한 번쯤 그들과 입장을 바꿔서 생각해주었다면 어쩌면 그들은 더욱 행복하게 살 수 있었을지도 모른다. 우리들의 잔인한 이기심으로 우리는 더 이상 그 고양이들에게 떳떳하지 못하게 되었다. 우리들이 조금만 우리의 이익을 줄였다면, 조금만 그들을 도와줬다면 그들이 차가운 시멘트바닥으로 내쫓기는 일은 없었을 것이다.

2007년 12월 7일 서해안 기름유출사건. 이 사건으로 인해 무려 1만 2547 kl 에 해당되는 원유가 바다로 유출되었다. 하지만 우리는 절망하기보다 먼저 피해당한 어부를 위해 앞장서서 그들을 도우러 갔다. 처음에는 서해안의 주민부터 한 명, 한 명 고무장갑을 끼고 기름종이로 바위를 닦고 바다에 기름종이를 띄웠다. 그러나 며칠 후 서해안 기름유출사건에 대한 뉴스는 전국으로 퍼져나갔고 지역에서 한 명, 두 명씩 서해안을 찾아 스스로 기름종이로 바위를 닦고 닦았다. 그렇게 한 달이란 시간에 몇십만 명의 사람들이 서해안으로 찾아와 바위를 닦고 바다에서 기름종이를 건져냈다. 이런 사람들의 노력으로 서해안은 기름은 거의 사라져갔다. 생명의 땅 갯벌과 바다, 떠나버렸던 새들이 다시 돌아온 것이다. 우리들이 함께 힘을 합쳐 기름을 닦지 않았더라면 어쩌면 지금도 서해안은 죽음의 바다로 있었을지도 모른다. 하지만 모두의 따뜻한 손길로 푸른색을 되찾은 바다를 보며 우리는 아직도 함께 살아가는 세상에 살고 있다고 느낀다.

『바그다드 동물원 구하기』의 저자 로렌스 앤서니는 바그다드 동물원의 상황을 누구보다 더 잘 알았기에 더욱 더 노력해서 동물들을 구출했다. 그런 열정이 있었기에 포기하고 싶은 순간에도 포기하지 않고 다시 일어났다. 이런 사람들의 열정으로 세상이 가득 찬다면 분명 모두 서로를 느낄 수 있지 않을까.

6장 청소년들은 왜?

김현서

이정현, 「심리학, 열일곱 살을 부탁해」, 걷는나무, 2010

이 책은 중학생과 고등학생들이 읽는다면 읽는 내내 '그래 맞아!' 라고 공감할 수 있을 책이다. 사춘기 때의 청소년에 대한 심리를 다양한 주제로 풀어놓고 있기 때문이다. 10대와 연예인, 부모님과 대화가 되지 않는 이유, 목표실천을 위한 간단한 방법 등 청소년들의 관심을 끌 수 있는 흥미로운 주제들로 구성되어 있다. 책에 나오는 여러 아이들의 실제 사례와, 자신의 경험을 연관시켜 읽는다면 더 유익하게 책을 읽을 수 있을 것이다.

현실 도피의 출구, 연예인

10대가 유난히 연예인에게 열광하는 이유는 무엇일까? 요즘은 유치원생부터 고등학생까지 자신이 좋아하는 스타의 스케줄을 줄줄 꿰고 있고, 누나 팬, 삼촌 팬, 아줌마 팬까지 다양한 팬층이 생기고 있지만, 그 중 유난히 10대가 연예인에게 열광하는 이유는 현실 도피하기에 가장 좋은 도구가 연예인이기 때문이라고 한다. 10대는 미래와 자신에 대한 확신이 없고 고민이 많다. 그러나 요즘의 연예인들은 10대라는 어린 나이에 데뷔를 해서 돈을 벌고, 잘생기고 예쁜 외모에, 많은 사람들에게 사랑을 받고 있다. 그런 연예인에 열광하면서 10대들은 자신의 좌절 또는 불안감을 잊게 된다.

나는 공부, 친구, 부모님, 진로 등을 생각하면 괜히 가슴이 답답해지고 그날 하루는 기분이 좋지 않다. 지금처럼 내 성적을 유지한다면 어떤 고등학교에 가게 될까, 좋은 대학에 가서 내가 원하는 직업을 가질 수는 있을까? 친구들 사이에서 느끼고 있는 소외감이 계속된다면 어떡하지? 요즘 서로 말도 안 하는 부모님께서 이러다가 정말 이혼하시는 건 아닐까? …… 이렇게 힘든 생각이 들 때에는 한두 시간 정도 매일 피아노를 쳤다. 인터넷에서 항상 새로운 악보를 찾아 연습하면서 그 순간만큼은 지금의 현실과 미래에 대한 생각을 하지 않을 수 있었다. 피아노를 치는 것으로 스트레스를 해소시킨 것이다. 각자에게 현실 도피를 할 수 있는 도구가 하나씩 있는 것은 좋다. 그러나 그것에 너무 빠져들거나 비효율적으로 사용하게 된다면 오히려 악영향을 끼칠 수 있다.

한 친구는 좋아하는 가수의 생일선물로 8만원과 3만원, 총 11만원의 돈을 보낸 적이 있다. 또 어떤 사람들은 그 가수의 앨범판매량을 높여주기 위해서 똑같은 앨범을 3개, 4개씩이나 사는 경우도 있다. 스타를 보면서 기쁨이나 설렘을 느끼는 것은 괜찮지만, 그것에 너무 빠져들어 공부나 생활에 지장을 줄 정도까지 가는 것은 옳지 않다.

아이돌 가수인 JYJ의 박유천은 자신의 트위터에 사생팬(연예인의 사생활, 일거수일투족까지 알아내려고 밤낮없이 쫓아다니는 극성팬)들한테 "집 앞에 있는 분들 돌아가세요. 아무리 생각해도 안티팬 같아요. 진짜 힘들고 싫어요"라고 하소연했었다. 이처럼 연예인의 사생활을 침해하는 일도 문제가 되는 것 같다. 연예인은 사생활을 침해받아서 힘들고, 또 그 사생팬들은 항상 연예인들을 쫓아다닌다고 공부도 못하게 되고 아까운 시간만 날리는 셈인 것이다. 뭐든지 도가 지나치면 안 된다는 것을 보여주고 있다. 자신의 행동에 대해 그 가수가 피해를 입을 수 있다는 것을 생각해보아야 할 것이다.

서로 다른 대화의 목적

부모님과 자식 사이의 대화 목적은 서로 다르다. 부모님은 해결하기 위해 대화를 하는 반면, 자식은 공감하기 위해 대화를 한다. 한 아이가 문득 "아, 심심해"라고 하면, 보통의 부모님들은 "심심하면 나가서 놀아", "숙제도 안 했으면서 뭐가 심심해"라고 말을 한다. 이 부분을 읽으면서 '아, 맞아 맞아!! 우리 엄마도 이런데!' 라고 공감을 했다. 이것은 아마 거의 모든 학생들이 경험해봤을 법한 상황이다. 나 또한 이런 상황을 많이 겪어봤다. 숙제를 했든 안 했든 심심하다는 것은 단지 현재 나의 감정상태일 뿐인데 부모님들은 공감을 해주기보단 "그럼 이렇게 해라, 저렇게 해라"와 같은 해결책을 제시한다.

며칠 전, 영어학원 숙제에 너무 스트레스를 받아서 "아 짜증나, 하기 싫다"라는 말을 했었는데 엄마가 "하기 싫으면 하지 마라. 고등학교만 나와서 마트에서 하루종일 서서 물건계산이나 하면 되지"라고 말을 해서 너무 화가 나 대들었다가 괜히 혼난 적이 있다. "그래도 지금 참고 열심히 해야 나중에 편하지. 힘내라!" 등의 대답을 원했었는데 그런 말을 들으니까 그 순간만큼은 내 마음을 이해 못 해주는 엄마가 너무 미웠다. 자식은 자신의 현재상태를 그냥 얘기했을 뿐인데, 부모님은 자식에게 해결책을 제시해야 한다는 강박관념을 가지고 있는 것이다. 이런 차이점으로 자식들은 '부모님과는 대화가 통하지 않는다' 라고 단정 짓게 되고, 부모와 자식 간에 대화가 줄어드는 것이다.

여성가족부가 발표한 '청소년의 가족관계 실태 분석'에 따르면 부모자식 간의 대화가 단절되는 이유 중 "우리 부모님이 날 이해하지 못한다"고 생각하는 경향이 많은 영향을 미쳤다. 전체 응답자 중 20.1%가 "부모가 날 이해 못한다"고 답했으며, 딸보다는 아들이 더 많았다. 또한 청소년들의 4명 중 1명이 "부모와의 대화가 부족하다"고 답했다. 중학생과 대학생보다는 고등학생이 26.8%로 특히 아버지와의 대화가 부족한 것으로 드러났다. 자녀와 대화가 부족하다고 느끼는 건 부모님들도 마찬가지였다. 어머니보다는 아버지가 34.4%로 더 많았고, 부녀·부자지간이 모녀·모자지간보다 더욱 대화가 필요하다고 나타났다. 이에 따라 여성가족부는 "자녀의 경우 아버지와는 대화가 부족하고 어머니는 이해가 부족하다고 느끼는 만큼, 대화기술교육과 이해교육이 필요한 것으로 보인다"고 분석했다.

잔소리의 기술

"부모님은 어떻게든 나의 단점을 찾아내고 지적하기 위해 사는 분들 같다." 가장 공감 가는 부분 중 하나이다. 미국의 한 초등학교 학부모들을 대상으로 테스트를 해보았다. "자녀가 성적표를 받아왔을 때 무엇에 관한 것부터 이야기하겠는가"라고 물어보자 90% 이상이 "가장 낮은 점수를 받은 과목부터 얘기를 하겠다"라고 응답하였다. 잘한 것은 어차피 잘한 일이니 더 말할 필요도 없고, 못한 것만 지적해서 더 잘하게 만들어야 한다는 의견이었다.

우리 부모님도 예외는 아니었다. 2학년 마지막 기말고사 때 수학 점수가 71점으로 뚝 떨어진 적이 있었다. 그래도 눈물이 나오려는 걸 꾹 참고 엄마한테 수학 점수를 말했더니 엄마가 한숨을 푹 쉬면서 "니는 안되겠다. 그렇게 해가지고 나중에 고등학교에서는 어떻게 따라갈라 카노. 앞으로도 그런 식으로 할 거면 이제 공부하지 말고 맨날 놀다가 작은 공장 같은 데나 취직해서……"라며 굉장히 섭섭하게 말씀을 해서 수학공부에 관한 의욕도 잃게 되고 많이 울었던 적이 있다. 점수를 잘 못 받아서 제일 힘들고 슬픈 건 나인데 왜 엄마가 저러실까, 라는 생각도 했었다.

올해 5월 초에는 서울 종로구에서 용돈을 안 주고 잔소리만 한다는 이유로 아버지를 10여 차례 흉기로 찔러 숨지게 한 사건이 있었다. 그는 경찰조사에서 "평소 집에서 용돈을 타 썼는데 아버지가 용돈도 주지 않고 잔소리를 해 순간 화가 났다"고 말한 것으로 전해졌다. 이러한 일들이 일어나는 것을 보면 부모님은 자식이 잘되기를 바라고 하는 말인데 그게 많은 문제가 되는 것 같아서 안타깝다. 물론 잔소리를 들었다는 이유로 부모님을 살해한 것은 잘못이지만 이제는 다 큰 어른이 된 자식에게 너무 자존심이 상하는 말을 하는 것 또한 잘못된 일인 것 같다. 이 외에도 취업 잔소리가 듣기 싫다며 부모님을 살해한 사건, 부모님의 잔소리로 상습 방화를 저지른 사건 등, 부모님의 잔소리 때문에 일어나는 사건들은 끊임없이 일어나고 있다.

부모님들이 자식에게 잔소리를 쏟아내는 이유는 "뜻을 강조하려고, 한두 번 말하면 잘 알아듣지 못할 것 같아서" 등의 이유가 있다. 잔소리를 효과적으로 잘하기 위해서는 자녀에게 자신의 감정상태를 알려주어야 한다. 화가 났다거나 실망했다는 것 등을 알려주는 것이다. 그래야 아이들도 나름대로 잔소리를 들을 준비를 하게 된다. 또는, 자녀의 잘못된 행위에 대해 말해주어야 한다. 대부분의 아이들은 자신이 무엇을 잘못했는지 잘 모르는 경우가 많다. 자신이 잘못한 것이 무엇인지 알고 잔소리를 들어야 아이들도 반성을 하는 기회를 가질 수 있다. 고쳤으면 하는 대안을 제시하는 것 또한 좋은 방법이다. 아이가 고쳤으면 하는 방향을 제시할 때에는 아이의 생각을 들어보고 함께 정하는 것이 좋다. 이때 최대한 짧게, 반복하지 않고, 한 번에 한 가지 일로만 이야기하도록 한다.

일상대화에서 명령·강요하는 '숙제해라, 싸우지 마라', 경고·위협하는 '당장 그만 두지 않으면, 이따가 아빠오시면', 충고·제안하는 '그런 일은 어른에게 먼저 의논해야지, 게임은 숙제를 해놓고 하렴' 등의 일방적으로 해결책을 제시하는 말투는 자녀들에게 명령조의 충고를 듣는 것으로 느껴져 좋은 영향을 미치지 못한다. 주로 이때는 자녀들의 의사가 무시되는 경우도 있다. 누가 자신에게 좋지 않은 상황에서 명령조의 충고를 듣는 것을 기분 좋아하겠는가. 자녀들과 대화를 할 때, 또는 잔소리를 할 때 위의 몇 가지 조언들을 한번 생각해본다면 좋을 것이다.

10대가 주목해야 할 성공

"여러 번의 작은 성공의 경험은 큰 한 번의 성공보다 더 중요하다." 성공을 한 번 경험할 때마다 우리의 뇌에서는 도파민이라는 신경 전달물질이 나와서 단순한 쾌락 이상의 기쁨을 선사하게 된다. 여러 번의 작은 성공을 하기 위해서는 구체적인 목표를 세워야 한다. "책을 많이 읽어야지"와 같은 막연한 목표보다는 "책을 10권 읽어야지"와 같은 구체적인 목표를 세우는 것이 좋고, "살을 빼야겠다"처럼 측정 불가능한 목표 대신 "다음 주부터 헬스클럽에 다니면서 하루 1시간씩 운동해서 5kg을 빼야겠다"와 같은 측정 가능한 목표를 세우는 것이 성공 확률도 높아지게 되는 것이다.

수학시험에서 25점을 받은 친구가 있었다. 공부와 담을 쌓았어도 항상 반타작은 했던 친구였지만, 문제가 조금 어렵게 출제되자 본 실력이 드러난 것이다. 충격을 받은 친구가 가장 먼저 한 일은 '기말고사 전교 100등 진입'이라고 크게 써서 테이프로 책상과 연습장에 붙이는 일이었다. 결과적으로 친구는 반에서 7등에 진입하였다. 어떤 일이든 하다 보면 지치고 슬럼프에 빠질 때가 있다. 그런 시점에 구체적인 목표를 정하고 그것을 바라보며 다시금 전의를 불태우는 것도 좋은 방법이 될 수 있다.

2학년 첫 중간고사 때 전교 44등에서 전교 11등으로 무려 33등이나 등수가 오른 적이 있었는데, 그때 이후로 그전보다는 시험기간에 공부를 더 많이 하게 되는 것 같다. 그리고 성적도 중학교 1학년 때보다는 대체로 올랐다. 아마 그 성적표를 받을 당시 도파민이라는 신경 전달물질이 나온 게 아닐까, 라는 생각이 든다. 이렇게 계속하다 보면 3학년 때는 더 좋은 성적을 받을 수 있지 않을까 하는 희망도 생겼다.

3학년에 되고 나서 치는 첫 중간고사를 준비할 때, 매일 공부해야 할 과목과 공부할 양을 작은 수첩에 적고 끝마친 일에는 체크를 하면서 계획성 있게 공부를 했다. 할 일을 쓴 날짜가 조금씩 쌓이기 시작하면서 수첩을 넘겨보며 '내가 이만큼 했구나' 하는 뿌듯함과 짧지만 짜릿한 쾌감을 느낄 수 있었다. 실천이 잘 되지 않았던 일들이 뭐가 있는지도 쉽게 알 수 있어서 더 알찬 계획을 짤 수 있었다.

"나는 언제나 실패를, 나를 성장시키고 계속 전진하게 만드는 도전으로 받아들였다. 좌절은 긴긴 인생길에서 마주치는 하나의 고비일 뿐이며, 거기에만 머무르다가는 우리의 여정이 지연될 뿐이다. 어떤 분야에서든지 성공한 사람은 모두 여러 번씩 넘어져본 사람들이다." 아프리카 최초의 여성 노벨평화상 수상자 왕가리 마타이의 자서전, 『위대한 희망』의 한 구절이다. 그린벨트 운동의 창시자, 정치운동가, 아프리카 중동부지역 '여성 박사 1호' 등의 다양한 수식어를 달고 다니는 왕가리 마타이는 부패한 독재정권의 무차별적인 난개발에 맞서 그린벨트 운동을 창시하고 이를 통해 빈민들의 자립을 위한 새로운 시민운동의 모델을 제시했다. 『위대한 희망』에서 왕가리 마타이의 말처럼, 한 번에 큰 성공을 하는 사람은 아무도 없다. 구체적인 목표들을 세워서 작은 성공을 여러 번 하기 시작하면 그것이 모이고 쌓여서 큰 하나의 성공을 이루어내는 것이다.

질풍노도기, 제2의 탄생기, 심리적 이유기 등 다양한 수식어로 불리고 있는 청소년들은 미숙한 아동기에서 성숙한 성인으로 넘어가는 시기에 속해 있는 사람으로, 신체적·심리적·사회적으로도 급격하게 성장하는 시기이다. 처음 신체적으로 갑자기 변하게 됐을 때, 부끄럽기도 하고 다른 아이들과 비교가 되는 것 같아서 옷도 몸에 달라붙는 옷은 입지 않고, 자세도 구부정하게 하고 다녔던 적이 있다. 신경도 많이 쓰이고 예민해져서 그때 처음으로 부모님과의 마찰이 자주 생겼었다. 성숙된 자아의식의 발달로 부모의 간섭에서 벗어나 스스로 판단하고 행동하려는 성향이 강했기 때문이다.

이처럼 예민한 시기의 청소년들에게 부모님 또는 어른들은 자신의 어렸을 적 일들을 생각하며 자식의 관점에서 조금 더 이해를 해주고, 시대에 따라 변하는 아이들을 새로운 관점에서 이해해주어야 할 것이다. 청소년들은 자신의 현실도피 도구에만 빠지지 말고, 앞으로의 인생을 위해서 작은 성공도 소중히 여기는 자세를 가져야 한다.

이 책을 읽으면서 부모와 자식 사이의 마찰에 어떤 과정이 있는지도 알 수 있게 되었고, 부모님과 청소년들 모두의 관점에서 상황을 이해할 수 있게 되니 우리 부모님께 죄송한 마음도 많이 들었다. 앞으로는 부모님과의 마찰이 생겼을 때, 부모님의 마음을 이해하면서 조금 더 쉽게 문제를 해결해나갈 수 있을 것 같다.

7장 포탄 속에서 피는 꽃

김광회

벤 마이켈슨, 「나무소녀」, 홍한별 옮김, 양철북, 2006

    할머니 댁에 들릴 때면 할머니께서는 엄마에게 지난 이야기들을 수시로 하시고 또 이야기하곤 하신다. 지금은 가난하신 할머니는 전쟁 때 피난간 동안 살림밑천을 다 잃고 폭격으로 불타버려서 가난하게 되었다고 안타까워하신다. 그렇지만 않았다면 부자로 살면서 우리들에게 용돈도 더 많이 줄 수 있었을 거라며 웃으신다.

    텔레비전에서 가끔씩 보던 위안부 할머니들의 이야기나, 6·25로 인한 이산가족, 그리고 우리 할머니를 보면서도 나는 전쟁이 얼마나 많은 사람들의 생활을 힘들게 하고 황폐하게 만들었는지 진지하게 생각해보지 않았다. 그러나 『나무소녀』를 읽으면서 분단국가이긴 하지만 평화로운 시대를 살고 있는 우리 세대의 행복과, 전쟁으로 고통받았고 지금도 고통받는 사람들의 아픈 마음을 헤아려본다.

가족의 죽음

'킨세아녜라'는 마야족 전통의 성인식으로, 여자가 15살이 되었을 때 하는 행사이다. 가브리엘라는 이 행사를 며칠 전부터 가장 기대하고 있었다. 그런데 킨세아녜라가 진행되며 즐거워하던 마을 사람들 앞에 총을 든 군인이 나타난다. 가브리엘라의 오빠인 호르헤가 군인들에게 잡혀 가고 가브리엘라의 엄마는 그 후로 시름시름 앓게 된다. 엄마는 신경을 많이 쓰고 몸도 건강하지 못해서 결국은 죽게 되었다. 이 책에서, 알리시아를 제외한 가브리엘라의 주변 사람들, 마을 사람들, 가브리엘라가 피난을 가는 동안 만났던 사람들이 거의 모두 다 죽는다. 자기 땅에서 원래 살던 것처럼 살던, 아무 잘못도 없는 사람들이 전쟁이라는 이유만으로 죽임을 당한다. 전쟁 때문에 무고한 사람들만 죽은 것이다.

2년 전 외할아버지가 돌아가셨다. 외할아버지는 암으로 돌아가셨는데, 외할아버지가 돌아가셨다는 소식을 처음 들었을 때 너무나도 슬펐다. 외할아버지는 품성이 좋으시고, 항상 다정하시며 인정이 많으셨다. 그래서인지 외할아버지가 돌아가시고, 장례식을 하는 동안 우리 가족과 친척, 마을 사람들은 모두 눈물을 쏟았다.

『나무소녀』를 읽기만 했을 때는 몰랐는데, 이 책은 과테말라 내전에 관한 내용이다. 과테말라 내전은 과일이 주산물인 과테말라의 야코보 아르벤스 대통령이 당시 과테말라의 경제권을 장악하고 있던 청과물 회사 '유나이티드 프룻'의 국유화를 시도하자, 미국의 사주를 받은 군부가 쿠데타를 일으킨 것이었다. 이 내전은 라틴아메리카에서 가장 오래 지속된 내전으로, 많은 사람들이 숨지거나 실종되었다. 이 전쟁은 과테말라의 반민주적 군사 정부에 대항하는 반군의 투쟁으로 시작되었으며, 1996년 반군 세력과 과테말라 정부가 평화협정을 체결하면서 마침내 36년간의 길었던 내전이 끝이 났다. 내전 기간에 450개 이상의 인디오 마을이 불에 타 사라졌고, 수만 명이 학살당했다. 많은 아이들이 만행을 목격했고 일부는 탈출해서 자신들이 본 것을 증언하기도 했다고 한다. 사람들은 그저 비극적인 사건이라고 말하고 말지만, 전쟁에 참여한 당사자들은 대부분 가족과 고향을 지키기 위해 작대기만 들고 싸웠을 뿐이다.

이와 비슷한 사례가 있다. 아프리카의 시레라리온과 라이베리아 등 다이아몬드가 많이 매장된 지역에서 유럽의 보석상들이 더 많은 다이아몬드를 차지하기 위해 각 나라에 내전을 일으켰다. 그 때문에 아프리카 사람들은 다이아몬드 채광만을 바라보며 희망을 잃고 살고 있다. 아프리카가 이러한 피해를 입은 것은 선진국의 자본에 대한 욕심 때문이다.

이기적인 사람들

아빠가 밭에서 거두어들인 옥수수와 커피를 가브리엘라가 시장에서 팔고 있는 동안, 군인들은 가브리엘라의 마을 곳곳에 불을 질렀고, 마을 여기저기에 있던 마을 사람들을 모두 죽였다. 나무가 울창한 숲속으로 피하려던 아이 둘을 총으로 쏘았지만, 남자아이는 맞고, 여자아이는 남자아이 덕에 가까스로 몸을 피했다. 다친 아이들은 숲속으로 들어가버렸다. 군인들은 그 아이들은 내버려두고 다른 마을로 가버렸다. 이런 군인들의 행동으로 여러 마을의 사람들이 모두 몰살당했다. 만일 군인들이 죽일 사람들이 그들의 가족이었다면 그들은 쉽게 그 사람들을 죽일 수 있었을까.

일본군 위안부는 일본제국주의 점령기에 일본에 의해 군위안소로 끌려가 성노예 생활을 강요당한 여성을 말한다. 이들은 강제로 전선으로 끌려가 일본 군인들의 성노예로 인권을 유린당하였으며, 전쟁이 끝난 후에도 육체적·정신적 고통으로 힘겨운 생활을 하고 있다. 피해자들과 민간단체, 정부가 일본에 배상을 요구하고 있으나 일본 정부는 이를 거부하고 있다. 일본 정부는 위안소 관련 자료가 공개되자 어쩔 수 없이 부분적으로 인정하고 형식적인 사과를 하게 된다. 전쟁 중 자신의 나라를 위해서 우리나라 여성들을 끌고 간 것에 대해서 일본이 진심으로 사과를 했으면 좋겠다. 또, 일본은 이런 이기적인 태도를 반성해야 한다.

이와 비슷한 사례로, 미군이 경북 칠곡군에 고엽제를 매몰한 것이 있다. 미군이 고엽제를 매몰한 곳인 칠곡은 내가 사는 곳과 그리 멀지 않다. 고엽제는 미국군이 베트남전쟁 당시 밀림에 다량 살포한 제초제를 가리킨다. 미국은 고엽제를 무기로 보지 않고 밀림을 없애 게릴라전을 막고 군량의 보급을 차단할 목적으로 사용하였다고 주장하였다. 베트남 군인과 민간인 약 2백만 명이 고엽제 후유증으로 고통받고 있다고 한다. 한국의 베트남 참전용사들 중에서도 상당수가 고엽제로 인해 고통을 겪고 있다. 국제연합은 고엽제를 사용금지한 화학무기로 보고 베트남전쟁 이후 고엽제의 사용을 감시하고 있다. 미국은 자신의 나라에 피해가 되지 않으려고 약소국인 우리나라에 고엽제를 묻은 것에 대해서 사과를 해야 한다.

읍내의 학살

가브리엘라가 남동생 안토니오를 잃고 난 후 가장 어린 여동생 알리시아와 함께 피난을 가다 어떤 산모를 도와 낳은 아기를 데리고 어떤 읍내로 들어간다. 그곳에서 먹을 것을 얻고 있는 사이, 군인들이 그 읍내로 쳐들어온다. 군인들은 마을 사람들을 모두 모아놓고 여자들은 강간하고 죽여버리고, 아이들 앞에서 부모를 죽이고, 노인들까지 결국에는 모두 죽인다. 또, 가축들도 사격 연습이라도 하듯 모두 총으로 쏴 죽인다. 가브리엘라는 다행히 읍내의 중간에 서 있는 커다란 마치치나무를 타고 올라가 숨어 있어서 죽지는 않았지만, 가브리엘라는 그것을 모두 목격하고는 매우 슬퍼하며 다시는 비겁하게 나무에 올라가지 않겠다고 다짐한다. 그 마음이 얼마나 아플까.

브라질 탐험 초기에 포르투갈인들은 인디오들과 페이토리아라는 해안가에서 물물교환을 하면서, 브라질의 나무는 유럽으로 보내졌다. 사탕수수 경작이 브라질에 전해지면서, 설탕 생산에 필요한 노동력 확보가 중요한 문제가 되었다. 포르투갈인들은 우선 다급한 대로 인디오 식량까지 생산해야 했다. 또, 사탕수수농장의 노예노동 방식은 그들의 전통적인 노동 방식과도 전혀 다른 것이었다. 결국 많은 인디오들이 고된 노동을 견디지 못해 죽었고, 노예가 되지 않기 위해 많은 인디오 부족들이 해안가에서 내지로 도망갈 수밖에 없었다. 이것에서부터 인디오에 대한 차별은 심해지게 되었다.

또한, 브라질에 대한 식민화가 본격화되면서 많은 가톨릭 성직자들이 브라질로 오게 되었다. 자발적으로 백인의 종교를 받아들인 인디오도 있었지만, 대부분의 인디오들이 가톨릭으로 개종할 것을 강요받았다. 일부 인디오가 개종을 거절하면, 백인들은 인디오들이 개종할 때까지 매질을 했다. 이것 때문에, 인디오들의 고유한 종교적 신념과 관습은 거의 모두 변해버리거나 사라져버렸다. 포교의 목적은 가톨릭 교도의 수를 늘려 교회와 교황의 권위를 드높이는 데 있었고, 개종된 인디오들을 신의 이름으로 지배하고 백인들을 위해 일하도록 강제하는 것이었다. 아마 이 시대가 가브리엘라가 살던 시대일 것이다.

비슷한 나이인 가브리엘라와 나는 전혀 다른 시대를 살아가고 있다. 가브리엘라에 비하면 나는 가까운 사람의 죽음을 경험한 것과 꼬박 학교를 열심히 다니며 공부하는 것 외에는 같은 경험이 없는 듯하다. 동생을 책임지고 돌보는 것뿐만 아니라 전쟁을 겪고 생계를 책임지는 일, 목숨을 걸고 도망 다니는 일 등은 내게는 거리가 멀고, 까마득한 선배를 보는 것 같다.

희망을 찾아서

가브리엘라는 읍내에서 알리시아와 아기를 잃고, 혼자서 피난민들 무리에 싸여 걷고 걸어서 산미겔 난민수용소로 갔다. 그곳에서 두 명의 할머니들과 같이 살던 중 마리아라는 아줌마가 데려 온 알리시아와 아기를 만난다. 수용소의 아이들은 모두 살아남기 위해 살고 있었다. 그 아이들에게 희망을 가르치기 위해 가브리엘라는 마리오라는 사람과 함께 학교를 세운다. 천을 둘러 만든 공으로 공놀이를 하며 아이들을 모으고, 글을 가르치며, 아이들에게 꿈과 희망을 가르친다. 가브리엘라 덕분에 아이들은 각자 자신의 이름을 읽고 쓸 수 있고, 미소도 되찾게 되었다.

그러던 어느 날, 가브리엘라와 함께 학생들을 가르치던 마리오는 반군에 가담해서 싸우겠다며 수용소를 나간다. 혼자 남겨진 가브리엘라는 유일하게 남은 자신의 진짜 혈육인 알리시아를 데리고 가족이 살던 곳으로 다시 돌아가려 했다. 그러나 짐을 싸서 수용소를 벗어나려던 중, 주변의 아이들이 가브리엘라 덕분에 행복해졌다는 것을 알고, 아이들에게 더 큰 꿈을 가르치러 다시 수용소로 돌아간다. 그리고 그날 밤, 가브리엘라는 다시는 올라가지 않겠다던 나무에 알리시아와 함께 올라가 행복을 느꼈다. 비록 수용소 생활이지만 꿈을 가지고 함께 어울리면 행복해지리라 나도 믿는다.

사랑하는 사람들과 주변 사람들이 모두 잔인하게 죽어나가고 굶주림과 두려움에 떨며 지내던 가브리엘라는 얼마나 용감하고 배려가 깊은 아이인지 모른다. 『나무소녀』를 읽으며 벅찬 마음이었다. 가브리엘라의 용기에 박수를 보내며 정말로 본받고 싶다. 책으로 읽은 간접 경험이지만 마음이 아프고 진정으로 꿈과 배려를 지녀야겠다.

나는 비록 전쟁을 겪지 않았지만, 가브리엘라에게 꿈이 있듯이, 나에게도 꿈과 희망이 있다. 조금 더 크면 아마 바뀔 수도 있겠지만. 나는 막연히 돈을 잘 벌어서 잘살고 싶지만은 않고, 의미 있는 일을 하며 살고 싶다. 돈을 벌어서 사회에 기부한다거나, 한비야처럼 가브리엘라와 같은 아이들을 돕고 싶다.

책 속에 '언젠가는 고향 마을로 돌아가, 어린 시절 그곳에 남겨두고 온 아름다움을 다시 찾을 거다. 그 아름다움은 이미 내 마음속에 깃들어 있는 아름다움과 같을 것이다. 언젠가 과테말라로 돌아가 마리오라는 이름의 특별한 선생님을 찾을 거다. 그리고 학살에 대해 알릴 것이고, 우리 민족의 노래를 찾을 것이다. 우리 조상들이 남겨준 노래, 한밤 내 영혼이 고요하게 가라앉을 때 바람의 소리에 귀 기울이면 들을 수 있는 그 노래를' 이라는 구절이 있다. 이것 또한 가브리엘라의 희망일 것이다. 큰 꿈도 아닌 소박한 꿈이지만 전쟁이 빨리 끝나지 않는다면 가브리엘라는 다시는 고향으로 돌아갈 수 없을지도 모르겠지만, 가브리엘라는 아마 굳은 의지로 고향을 다시 찾아갈 것이다. 꿈에 대한 확신이 있으니까.

이 책에서 나는 난민들의 고통, 무고하게 희생된 희생자 가족의 슬픔, 전쟁 중에서도 희망을 놓지 않았던 사람들, 그 이상의 것들을 배운 것 같다. 여러 곳의 난민수용소를 찾아가며 가브리엘라는 희망을 놓지 않았다. 오히려 자신이 가진 희망을 다른 사람들에게 나누어주며, 가르쳐주었다. 나이는 어리지만, 선배와 같은 가브리엘라가 존경스럽다. 이 책이 실화가 아니었다면 별로 안타깝지도 않고 마음이 아프지도 않았을 것이다. 그냥 아, 그랬구나 하고 말았을 텐데, 이 책의 내용이 실화인 만큼 가브리엘라는 수많은 인디오 중의 한 명이기 때문에 또 다른 수많은 인디오들의 희생이 마음 아프다. 이 책을 통해 나는 그 어떤 상황에서라도 희망을 가지고 용기를 내어 행동한다면, 결국에는 원하는 것을 이루고, 얻을 수 있다는 것을 배우게 되었다.

전쟁은 이념의 대립, 민족의 대립, 종교의 대립으로 일어나거나 자원전쟁, 요즘은 잘 일어나지 않는 영토전쟁 이외에도 정치적인 이유 등의 여러 가지 이유에서 일어난다. 이 책의 과테말라 내전은 이념의 대립으로 일어난 전쟁이다. 많은 피해자를 낳고 얻은 것도 없이 너무나 허무하게 끝나버리는, 사람들의 몸과 마음, 한 국가까지도 황폐해지는, 수많은 사람의 소박한 꿈마저 빼앗아버리는 전쟁은 어떠한 이유로 일어나는 전쟁이라도 다시는 일어나지 않았으면 하는 마음이다. 다시는 할머니나 할머니 세대 같은 분들이 생기지 않게 말이다.

8장

꿈을 향한 길

주성은

신웅진, 『바보처럼 공부하고 천재처럼 꿈꿔라』, 명진출판사, 2007

반기문 유엔사무총장이 지금의 큰 인물로 성장하기까지의 크고 작은 이야기들을 적어놓은 『바보처럼 공부하고 천재처럼 꿈꿔라』. 나는 처음에 그가 겪은 여러 경험들이 내 삶의 경험과 많은 점들이 비슷하다는 것을 알고는 많이 놀랐다. 세계의 대통령이 된 그가 왠지 모르게 다른 사람들과는 전혀 다른 어린 시절을 보냈을 것이라는 생각이 드는 이유는 무엇 때문일까?

유엔사무총장이라는 이름만으로 그 사람이 행복한 인생을 살았을 것이라는 생각과는 다르게 그도 인생에 있어서 고난을 겪은 적이 한두 번이 아니다. 하지만 그는 가슴 속에 품은 꿈을 가지고 지금은 세계에서 존경받는 유엔사무총장이 되었다. 그가 가난한 삶을 이겨내고 누구보다도 열심히 공부했다는 것은 누구나 알고 있는 사실이다. 하지만 이 세상에 그와 같은 사람들은 셀 수 없을 정도로 많다. 가난한 환경에서 그와 같은 꿈을 꾼 사람들도 물론 있을 것이다. 그런데도 어떻게 그가 유엔사무총장이 될 수 있었던 것일까? 반기문만이 유엔사무총장이란 자리에 오를 수 있었던 진정한 이유는 무엇일까? 꿈을 향한 길 끝에서 어떻게 그는 미소를 지을 수 있었던 것일까?

공부는 하나의 게임

"인과응보니, 남에게 못 되게 굴면 그게 다 나에게 돌아온다"고 귀에 딱지가 앉을 정도로 반기문의 어머니는 말씀하셨다고 한다. 하지만 어머니는 너무 유순하기만 한 아들이 걱정스러울 때도 많았다. 가끔은 싸움도 할 줄 알아야 하는데 아들은 때리는 쪽보다는 맞는 쪽이었기 때문이었다.

그런데 갑자기 반기문은 아이들에게서 놀림을 받지 않기 시작했다. 놀리던 아이들과도 어느새 친해져 친구들 모두가 반기문을 '반 선생'이라고 부르기 시작했다. 바로 공부 때문이었다. 반에서 제법 공부를 잘한다는 아이들도 대부분 집에서 시키니 떠밀려 공부하는 경우가 대부분이었는데, 어린 기문은 달랐다. 단지 공부를 잘하는 것이 아니라 공부를 즐기면서도 진지하게 했다. 공부를 즐길 줄 아는 마음과 진지한 태도는 좋은 성적으로 이어졌다. 아이들은 이제 더는 그를 '파리똥' 이라고 부를 수가 없었다.

기문이 6학년 때 같은 반에 한승수라는 공부를 잘하는 친구와 주산시합을 한 적이 있었다. 몇 번이나 하고 또 다시 해도 승수가 이겼지만 기문은 다음날 또 다시 승수에게 겨루자고 했다. 다른 것에는 욕심이 없이 얌전한 편이었는데 공부에서만은 달랐던 것이다. '누구보다 잘하겠다' 는 경쟁심이 강하거나 '반드시 꺾고 말겠어' 라는 승부욕이 아니었다. 지금 자신의 수준보다 더 잘하고 싶다는 그런 순수한 욕심이었다. 공부, 학문은 그 자체가 하나의 흥미로운 세계였고 모르는 것을 하나씩 알아간다는 것, 더 잘 알아간다는 것은 무엇과도 견줄 수 없는 기쁨이었다. 그런 기문에게 이런 공부내기는 하나의 게임이었다.

나에게도 공부가 하나의 게임이었던 적이 있었다. 초등학교 2학년 때 나의 모습은 친구들과 잘 어울리지도 못하는 매우 소극적인 아이였다. 친구들한테 말도 잘 걸지 못하는 성격 때문에 당연히 좋아하는 남자아이에게는 더더욱 말을 걸 수 없었다. 그런데 공부를 조금 잘한다는 이유 때문이었을까? 신기하게도 시험을 치고 채점할 때 그 남자아이가 말을 걸어왔다. "니 몇 개 틀렸어?" 시험을 잘 쳐서 기분이 좋아 흥분해 있던 나는 "난 이거 맞았는데, 넌 틀렸네?" 하고 놀려댔다. 이렇게 말을 걸고 놀다 보니 친구들과 잘 어울리지 못했던 나도 어느새 친구들과 웃고 떠들며 함께 어울려 있었다.

신문기사에서 이명경 한국집중력센터 소장은 "친구 잘 사귀는 아이가 공부도 잘한다"고 말한 적이 있었다. 처음에 이 말을 듣고 고개를 갸우뚱했었다. 일반적으로 사람들은 친구를 잘 사귀는 아이들이 공부는 잘 하지 않고 놀기만 한다고 생각하기 때문이다. 하지만 그렇지 않다는 것을 그 이유를 듣고 깨달을 수가 있었다. 학교에서 친구를 잘 사귀는 아이는 학교를 즐겁고 재미있는 곳으로 생각해서 신나게 학교를 다니지만 그렇지 못한 아이는 이런저런 핑계를 대며 학교 가기를 싫어한다. 그래서 친구를 잘 사귀는 아이는 학교 적응도 잘하고 공부도 잘한다고 한다.

나는 이와 조금 다른 경우였다. 내성적이었던 나는 친구를 잘 사귀어서 공부를 잘한다기보다 공부를 잘하면서 친구들과 친해지기 시작했었다. 이기적인 생각일지도 모르지만, 나같이 소극적인 아이에게는 적극적인 아이들이 쉽게 만드는 친구들을 만들 수 있는 기회라도 주어지기 위해 통로가 필요하다. 나에게는 그 통로가 공부였다. 나는 그 통로를 계속 가지고 싶다는 욕심 때문에 공부를 계속하였다. 그런데 어느 순간 그 욕심이 지금의 나의 수준보다 더 잘하고 싶다는 순수한 욕심으로 바뀌기 시작하였다. 어느새 나는 공부를 하나의 즐거운 게임으로 여기고 있었다.

공부를 하나의 게임으로 여기면서 즐겁게 하고 있었던 나의 모습을 떠올리면서 요즘 공부에 소홀히 하고 있는 내 모습을 반성하게 되었다. 반기문 유엔사무총장의 어렸을 때처럼 모르는 것을 하나씩 알아가는 데에 즐거움을 느끼고 거기서 기쁨을 얻을 수 있다면 그것이 우리의 꿈을 향해 나아가는 길이라 생각한다.

경험이란 특별한 존재

"기문아, 너 앞으로 어떤 일을 하고 싶은지 정한 것이 있느냐?" 기문은 섣불리 대답하지 않았다. 그런 기문에게 선생님은 기문이 외교관이 되면 참 좋을 것 같다고 말씀하셨다. "넌 영어도 잘하고 사람들과 잘 다투지 않는 성품에다 매너도 참 좋은 아이거든." 기문은 선생님이 자신을 과분하게 칭찬해주시는 것 같아 쑥스러웠다. 외교관이라는 직업이 낯설던 시절이었지만 기문도 오래전부터 그런 꿈을 조금씩 품고 있기는 했다. 하지만 구체적으로 '외교관'이라는 단어를 떠올린 적은 없었다. 구체적으로 어떻게 외교관이 되어야 할지 생각하기 어려운 때였다. 그런 때에 그의 아버지께서 말씀하셨다. "기문아, 너는 공부를 잘하니 의대에 가는 게 어떻겠냐? 너도 알다시피 할아버지가 한약방 하셨잖냐. 요즘 들어 할아버지 말 듣고 나도 한약이나 배웠으면 좋았을걸 그랬다는 생각이 드는구나. 식구들 고생시키다 보니 그런 생각이 많이 들어. 그러니 너는 안정적인 의사가 되면 좋겠다." 기문은 아버지의 말씀을 잠자코 들었다. 그러곤 어렵게 입을 뗐다. "그런데 아버지, 의사도 좋은 직업이긴 한데요. 저는 그쪽은 좀 아니지 싶어요. 왜냐면 피만 봐도 무섬증이 생기거든요. 그러니 어찌 의사를 할 수 있겠어요……."

내 나이 또래에 친구들은 동감할 수 있을 것이다. 자신은 의사라는 직업에 대해 크게 고민하거나 생각해본 적도 없는데 부모님들은 언제나 "나는 네가 의사가 되었으면 좋겠구나"라며 강요 아닌 강요를 하신다. 부모님들은 자식들이 안정된 직업을 얻기를 바란다. 그리고 그 안정된 직업에는 의사라는 직업이 일순위로 들어간다.

　　우리 부모님도 "성은아, 너 의사를 해보는 게 어떻겠니?"라고 물었던 적이 있었다. 그때 예전에 선생님께서 해주신 이야기가 떠올랐다. 자기 자신의 뜻이 아닌 부모님의 뜻으로 우수한 성적으로 의대에 진학을 했지만 피만 보면 손이 떨리고 사람의 시체를 볼 때의 두려움 때문에 공부를 하느라 고생했던 소중한 시간들을 포기하고 다른 과로 전공을 바꾸었다는 어떤 언니의 이야기. 피를 보는 걸 싫어하는 나에게 의사라는 직업은 맞지 않다고 부모님께 말씀드렸다. 그리고 내겐 마음 한구석에 자리잡고 있는 건축가란 꿈이 있었다. 나는 부모님께 요즘 건축가란 직업이 너무 마음에 든다고 조심스럽게 이야기했다.

　　건축가가 되고 싶은 데에는 특별한 이유가 없었다. 단지 건축 설계를 하는 건축가의 모습이 멋지고 너무나도 끌려서 되고 싶었다. 얼마 전까지만 해도 패션디자이너가 꿈이었는데 이렇게 금방 바뀌는 걸 보면 아직 나 자신도 내가 진정으로 원하는 게 무엇인지 모르는 것 같다. 내가 진정으로 되고 싶은 게 무엇인지, 원하는 게 무엇인지를 알지도 못한 채 다른 사람들의 이야기만 듣고 '아, 그게 나한테 맞는 직업인가 보다' 하고 생각하고 그 길을 향해 나아간다면, 난 그 길의 끝에서 후회하고 뒤를 돌아보며 울고 있을 것이다. 나는 중3인 내가 지금뿐만 아니라 앞으로 경험하는 것들이 너무나도 중요하다고 생각한다.

반기문도 외교관의 꿈이 서서히 영글고 있을 때에 많은 경험을 하였다. 비스타(VISTA)라는 미국연수프로그램에 뽑히기 위해 영어대회를 준비하였고, 준비를 하면서 영어신문을 읽어 다양하고 살아있는 영어표현을 익힐 수 있는 것은 물론이고, 세상과 세계를 보는 시야도 넓어지게 되었다. 비스타 장학생으로 당당히 선발되어 미국 청소년적십자단 활동에 참여하는 것은 물론, 관광·미국인 가정에서의 홈스테이·예술제·봉사·연수 등의 다양한 활동을 하였다. 그렇게 비로소 열아홉 살 반기문에게 꿈의 설계도가 제대로 그려졌다. 이렇게 다양한 경험을 하고서야 꿈의 설계도가 완성되는데 아직 폭넓은 경험을 해보지도 않은 내가 어떻게 꿈의 설계도를 그려나갈 수 있겠는가.

문득 다양한 경험을 하는 데에 입학사정관제가 좋은 역할을 해줄 것 같다는 생각이 들었다. 2009년에 시작된 입학사정관제는 내신성적과 수능만으로 평가할 수 없는, 학생들의 잠재적인 능력과 소질·가능성 등을 판단하여 각 대학에서 좀 더 다양한 방법으로 학생들을 선발하는 제도이다. 오늘날 조금 더 자유로운 방법으로 창의적인 인재를 선발하기 위해서 바뀐 교육제도인 입학사정관제에서 중요한 것이 입학사정관제에서 제출해야 하는 포트폴리오이다. 포트폴리오란 말만 들어도 머리가 지끈지끈할 것이다. 하지만 경험을 기록하다 보니 스펙도 되고 포트폴리오도 됐다는 아이들이 있어 시선을 끌었다. 그들은 포트폴리오가 무조건 '스펙을 위해 만들자'라고 말하기보다는 오늘 하루의 일을 재미있게 기록하는 것에서부터 시작하는 경험 관리라고 말하였다.

경험이 가진 힘은 매우 컸다. 경험은 한 사람의 꿈의 설계도를 완성시키고 그 사람이 한 걸음 한 걸음 설계도를 따라 걸어갈 수 있게 만들었다. 내 자신이 무엇을 진정으로 원하는지 고민만하지 말고 꿈에 물을 주자.

두려워하지 않는 마음

2001년 2월 그가 외교부 차관을 맡고 있을 때였다. 당시 김대중 대통령과 블라디미르 푸틴 러시아 대통령이 정상회담을 했다. 그런데 실수가 발생했다. 한국과 러시아가 회담에서 결의한 내용을 공동성명 형식으로 발표했는데, 거기에 우리 정부가 탄도탄 요격미사일 조약(ABM)을 지지하는 내용이 담겨 있었다. 이 조약으로 미국과 러시아는 미사일 방어시스템을 만들지 않고 미사일도 100개 이상 갖지 않겠다고 약속했다. 하지만 2000년도에 들어서면서 북한, 이라크 등으로부터 공격을 받을 가능성이 높아져 이 조약에서 탈퇴하고 전미 미사일 방어체제(NMD)를 발동하고 있었다. 문제는 우리가 ABM 조약을 지지한다는 것이 미국의 NMD체제와 반대되는 것으로 해석될 수 있다는 것이었다.

미국 언론은 한국이 러시아와 손잡고 미국에 등을 돌렸다며 일제히 비난했다. 김대중 대통령은 부랴부랴 미국의 부시 대통령을 만나 이 문제에 강도 높은 사과를 해야 했다. 그리고 책임을 묻는 인사조치를 해야 했다. 정부에서는 희생양으로 반기문을 선택하고 그를 퇴임시켰다. 불미스러운 퇴진이었기에 그는 착잡한 심경을 감추지 못했다.

그로부터 딱 4개월 뒤 한승수 외무부 장관에게서 연락이 왔다. 그는 반기문이 의장비서실장을 좀 맡아주기를 바랐다. 하지만 그는 망설였다. 유엔총회 의장비서실장은 보통 국장급이 가야 하는 자리라서 차관까지 지낸 그로서 직급을 한참 낮춰 가야 하는 것이기 때문이었다. 고민 끝에 그는 이런저런 사람들의 뒷말에 신경 쓰지 않고 새로운 시작을 하기로 마음을 먹었다. "자, 저기 겨울나무를 보세요. 이파리가 하나도 없으니 앙상해 보이지 않습니까? 그러나 내년 봄에 다시 와 보세요. 눈부신 이파리들을 엄청나게 달고 있을 것입니다. 이게 자연과 인생의 같은 이치입니다. 사람들은 모두 겨울나무처럼 앙상해 보이는 것을 두려워합니다. 그러나 이렇게 앙상해 보이지 않고는 내년 봄 눈부신 이파리들이 달린 나무가 될 수 없다는 것을 알아야 합니다. 나무를 오래 가꾸면서 깨달은 이치입니다." 반기문은 자신의 인생에 느닷없이 겨울처럼 시련이 다가왔을 때 앙상한 나무처럼 보이는 것을 두려워하지 않았기에 다음해 봄날 눈부신 이파리들을 달 수 있었다.

기대감과 떨림을 가지고 누구보다도 열심히 준비했던 전교회장 선거 출마 준비. 하지만 기대와 달리 몇 표 차이로 나는 전교회장 선거에서 떨어지게 되었다. 떨어진 뒤의 기분은 말할 수 없을 만큼 복잡했다. 그때 누군가가 그럼 부장을 해보는 게 어떻겠냐고 말하였다. 살짝 망설였지만 괜찮을 것 같아서 그러겠다고 말하였다. 그런데 그 말을 들은 엄마는 정말 화를 내었다. "자존심도 없나! 다른 애들이 어떻게 생각하겠노! 그거 하지 마!" 난 내가 부장을 한다는 게 그렇게 자존심 상하는 일이고 심각한 문제가 되는 일인지 이해가 되지 않았다. 도대체 왜 그렇게 생각하는지…….

결국 못하게 되었지만 이 책을 읽은 뒤 나는 중요한 것을 느끼게 되었다. 불명예스럽게 공직을 떠나 차관까지 지냈던 그가 그보다 한참 낮은 직급을 지낸다는 것은 분명 어려운 결정이다. 그런데 만약 반기문 유엔사무총장이 다른 사람들 눈에 초라해 보이는 것이 두려워 한승수 장관을 따라 유엔으로 가지 않았다면 어떻게 되었을까? 아마도 오늘의 반기문 유엔사무총장은 존재할 수 없었을 것이다. 전교회장에서 떨어진 뒤 부장을 하는 것이 자존심 상하는 일로 보일 수는 있다. 그렇지만 내가 먼저 겨울나무처럼 앙상해 보이는 것을 두려워한다면 나는 결국 아무 것도 할 수 없고, 어떤 일을 시작하는 것도, 내가 가진 꿈을 향해 나아가는 것도 두려워할 것이다.

지금 생각해보면 나는 무엇인가를 한다는 것에 대해 많은 두려움을 가지고 있었던 것 같다. '결과가 나쁘면 어떡하지?', '나중에 나 자신에게 너무 실망하면 어떡하지?' 하고 말이다. 이런 생각 때문에 계속 망설이다 하고 싶었던 일을 결국 하지 못해 나중에 후회하는 일이 더욱 많았다. 매일 망설이다 겨울나무가 되는 것이 두려워 내 꿈에 손도 내밀지 못했던 나였다. 그런데 이랬던 내가 전교회장 선거에 출마했던 것은 지금 생각해도 너무 놀랍다. 물론 전교회장 선거에서 떨어진 것이 아쉽지만 그 아쉬움과 아픔이 다른 일을 하는 데에도 남아 있으면 안 된다. 누구나 인생에서 겨울과 같은 위기와 시련이 오게 마련이니까.

내일은 꽃이 필 거야

9장

노정혜

김연아, 「김연아의 7분 드라마」, 중앙출판사, 2010

순간의 화려한 비상을 위해 차디찬 얼음바닥을 수만 번 뒹굴어야 했던 그 고통 속에서 나를 일으켜 세운 건 무엇인가? 어제의 실패도 오늘의 성공도 순간일 뿐, 영원한 것은 어디에도 없다. 모두가 세계 최고라 말해도, 나는 또다시 새로운 '내일'을 꿈꾸며 가슴 벅찬 오늘을 산다. 나의 꿈도, 나의 삶도, 그렇게 하루하루 새롭게 완성되어갈 것이다.

누군가 나에게 존경하는 사람을 묻는다면 나는 조금도 망설이지 않고 "김연아 선수"라고 대답할 것이다. 늘 그래왔듯이 말이다. 그녀는 최고의 자리에 있고 난 그렇지 못하지만 김연아 선수의 모습을 보면 왠지 모를 연대감을 느낀다. 같은 한국인이라서 그런 것인지는 몰라도 김연아 선수를 보면 무조건 응원하고 싶다. 나에게 그녀는 영원한 우상이며 멘토이다. 그래서 이야기를 풀어 볼까 한다.

꿈으로 인도하는 마법의 신발

김연아 선수에게 스케이트는 자신에게 가장 소중한 물건이다. 그녀가 피겨계에 발을 들인 이후로 스케이트는 한 번도 그녀의 곁을 벗어난 일이 없을 것이다. 그녀가 처음으로 자신만의 스케이트를 가지게 되었을 때 신게 된 스케이트는 알고 보니 발에 맞지 않아 발목이 다칠 수도 있는 위험한 것이었다. 하지만 그녀는 그 사실조차도 모르고 단지 자신만의 스케이트라는 이유로 마냥 좋아했다. 스케이트는 스케이터에게 가장 중요한 무기인 동시에 친구이다. 세계 최고의 스케이터임에도 유난히 피겨스케이팅을 늦게 시작한 그녀에게는 오랫동안 함께 해온 스케이트가 더욱 의미가 깊지 않을까 생각해본다.

나에게도 그런 물건이 있을까 곰곰이 생각해보았더니 역시나 내가 가장 소중하게 생각하는 물건은 '카메라'였다. 사진 찍는 것을 좋아하는 나는 친구들 사이에서 '사진작가'로 통하며, 손에서 카메라를 놓지 않기로 유명하다. 이런 취미와 걸맞게 내 꿈은 카메라와 가장 친해야 할 직업인 '아나운서'이다. 텔레비전 속 아나운서는 카메라를 직접 잡지 않는다. 카메라에 영상을 담지도 않는다. 그저 카메라 앞에 설 뿐이다. 하지만 어느 누구보다도 카메라와 친해야 한다. 카메라를 무서워하는 사람이 어떻게 대중들 앞에 설 수 있겠는가? 두 팔로 끌어안을 수 있는 크기의 기계일 뿐이라고 생각할 수도 있지만 이것은 세상과 통하는 문이다. 또한 수백, 수만 명의 대중들을 한데 모아놓은 것과 다를 바 없다. 작은 디지털카메라가 아닌 온 세상과 소통하는 카메라 앞에서 당당할 줄 알아야 대중들 앞에서도 당당할 수 있을 것이라고 생각한다. 지금 나에게 가장 소중한 존재인 이것은 손바닥만한 디지털카메라일지 모르지만 훗날 나는 '내가 정말 좋은 취미를 가졌었구나' 하고 생각할 것 같다. 나는 아나운서를 꿈꾸는 수많은 사람들 중 누구보다도 당당할 수 있고, 카메라 앞에서 부끄러워하지 않을 자신이 있다. 예쁜 얼굴이 아니지만 당당하면 그 자체만으로도 충분하다고 생각한다. 나에게 자신감을 불어넣어준 것도 다 작은 디지털카메라 덕분이니, 훗날 내 꿈을 이루게 되면 카메라에게 더욱 애정이 갈 것 같다. 물론 커서도 계속 카메라를 끌어안고 살 것 같지만 말이다. 훗날, 나에게도 이것이 큰 무기로 작용했으면 좋겠다.

부러진 날개로도 날 수 있어

우리나라의 아이스링크는 선수보다는 손님에 맞춰져 있다. 이를테면 개장시간부터 그렇다. 선수를 위한 빙상장이 따로 없기 때문에 평소 손님들이 즐겨 찾는 아이스링크를 사용해야 하는데, 생각보다 이른 개장시간에 선수들은 아주 이른 시간 아니면 영업이 끝난 후에야 연습을 시작할 수 있다고 한다. 그럼에도 불구하고 링크가 모자라서 다른 종목의 선수들끼리 같이 타는 경우도 있단다. 또 우리나라 링크는 선수가 훈련하기에는 꽤 추운 곳이라고. 그런데 몸이 굳거나 추위에 긴장한 채로 훈련을 하면 부상위험이 높아진다. 특히 피겨스케이팅의 경우에는 점프 연습 때 넘어지는 일이 허다해서 부상위험이 더 크다고 한다. 예쁘게 날아오르는 모습만 봐왔는데 이런 속사정을 들으니 선수가 된 것이 후회될 것 같다는 생각까지 들었다.

김연아 선수와 같은 이런 피겨선수들에게 전용 스케이트장이 없다는 큰 산이 있다면, 아나운서를 꿈꾸는 나에게는 '방언'이라는 큰 산이 내 앞을 가로막고 있다. 내가 처음 아나운서를 꿈꾼 것은 한 프로그램의 어느 여자 아나운서를 본 이후이다. 우연히 채널을 돌리다 보게 된 그 프로그램은 패널들이 우리말 퀴즈를 맞히는 예능프로그램이었는데, 오프닝 때 화면에 뜨는 자막이 나를 신선한 충격에 빠뜨렸다. 나와 같은 성씨를 가진 사람이 텔레비전에 출연한 것을 본 적이 없었던 어린 나는 무언가에 이끌리듯 그 프로그램에 집중했고, 처음으로 그 프로그램을 보자마자 '나도 아나운서가 되고 싶다'는 생각을 하게 되었다. 나와 같은 성을 가진 사람도 텔레비전에 나올 수 있다는 생각을 하게 되고 아나운서 특유의 이미지에 푹 빠져버려서 그 후 몇 년 동안 나의 장래희망은 변하지 않고 있다. 더 뚜렷해졌을 뿐이다.

이런 나에게 현실적으로 가장 크게 다가온 문제는 '사투리'였다.

대구토박이인 나는 표준어를 구사하기가 쉽지 않다. 텔레비전에 얼굴을 비치는 아나운서들 중에도 지방에서 온 사람은 드물었다. 잠깐 좌절도 했었다. 아나운서는 온 세상 앞에 서는 일이며 누구보다 냉정하고 담담하게 소식을 전해야 하는 직업이다. 현실에서는 사투리를 사용하는 이가 많지만 내가 텔레비전에서 본 연예인들이나 많은 사람들은 대부분이 표준어를 썼다. 어떻게 해야 되지, 하는 생각에 앵커들의 말투를 많이 따라 해보기도 했지만 그때뿐이었다. 하지만 내가 당장 서울로 이사 갈 수도 없는 노릇 아닌가. 결국 사투리는 지금도 나에게 큰 산으로 남았다.

대구 출신 연예인 중에 한 유명 여배우가 있는데, 내가 가장 좋아하는 배우이기도 한 그녀는 나와 같은 대구 출신임에도 불구하고 완벽하게 표준어를 구사한다. 브라운관에서 비치는 그녀의 모습은 서울에서 태어나서 이제껏 공주처럼 살아왔을 것만 같은데 이런 그녀가 사투리를 사용했다는 사실이 너무나 신기했다. 머릿속에 떠오르던 생각을 입으로 내뱉기 전에 한 번 더 생각하고 신경 썼기 때문에 사투리를 고치게 되었다고 말하는 그녀는, 내색은 안 해도 스트레스도 많이 받고 꽤 힘들었을 것이다. 하지만 극복해냈다. 나 역시 이 커다란 벽을 넘어야만 내 꿈에 도달할 수 있다. 신기하게도, 안 될 것이라는 생각은 하지 않는다. 지금부터라도 열심히 표준어 연습을 할 것이고 몇 년 후 서울로 상경하게 되면 표준어를 완벽하게 배울 것이다. 부정적으로 생각하는 것보다 긍정적으로 생각하는 편이 훨씬 낫다. 아직 열여섯 살밖에 안 된 내게 길은 많고 방법은 많으니 노력해서 꼭 내가 원하던 그 자리에 앉고 말 거다. 아무도 모를 일이다. 10년 쯤 후, 텔레비전에서 흘러나오는 내 목소리에 잠을 깰지도.

일곱 번 넘어져도 일어나라

대회가 뜻대로 풀리지 않거나 컨디션이 본인이 느끼기에도 너무 좋지 않으면 모든 것을 다 포기해버리고픈 마음이 든다. 결국 훈련도 그만두고 더 이상 피겨 안 하겠다고 연락까지 해놓고 며칠을 보내다가 허한 느낌을 받는다. 김연아 선수가 할 줄 아는 것은 이것뿐이었던 것이다. 어릴 때부터 해 와서인지 잘하는 것, 잘할 수 있는 것이라곤 스케이팅밖에 없었고, 길이 사라지니 어디로 가야 할지 몰라 갈팡질팡했다. 그래서 어쩔 수 없이 그녀는 자신의 팔자를 인정하게 된다. 그리고 다시 얼음판 위로 올라왔을 때, '아, 나는 어찌 됐든 피겨를 할 수밖에 없는 팔자구나' 하며 연습에 매진하게 되었다. 덕분에 그녀는 최고가 되었다. 그녀는 지금 이 자리까지 오게 된 원동력을 한 번의 스핀이 아닌 수천 번의 엉덩방아라고 이야기한다.

나 역시 "더 이상은 못 하겠어. 안 할래. 내가 이걸 대체 왜 하자고 했는지" 하고 후회한 적이 수도 없이 많다. 그 중 대부분은 반장이라는 지위를 얻고부터였다. 나는 초등학교 3학년 때부터 줄곧 반장, 부반장 등 학급의 임원 자리를 맡아왔다. 그래서인지 해마다 막중한 부담감 때문인지 내가 원해서 그 자리에 올라왔는데도 항상 도중에 후회를 많이 했다. 그렇게 한 해를 보내고 나면 괜히 같은 반 아이들에게 미안해졌다. 항상 불평 않고 묵묵히 자기 할 일을 하는 아이들을 보면 '내가 저렇게 해야 하는 건데' 하는 생각이 들기도 했다. 나름 열심히 한다고 했는데 반 애들이랑 의견이 충돌하거나 한꺼번에 너무 많은 일들이 닥치면 두려워했던 게 나였다.

하지만 그만큼 힘들고, 책임감이 부담으로 느껴질 정도로 지쳤어도 그 다음해에 또 한 학급의 반장이나 부반장이 되어 있는 나. 아무리 후회해봐도 사실 이 자리에 있는 것이 마음 편하고 좋다. 초반의 굳건한 의지를 가졌다가 후에 힘들어해도 또 생각해보면 왠지 내가 아니면 안 될 것 같다. 오지랖이 넓어서인지 남 일에도 잘 신경 쓰는데 내가 아니라 다른 아이가 지금 내 자리에 있다 해도 난 내 역할을 다했을 것 같다. 그러니 차라리 이 자리를 꿋꿋이 지키고 있는 것이 속 편하다. 이제껏 해 왔기에 나에게도 다른 것보다 익숙하고, 잘하는 것과 잘할 수 있는 것은 딱 이것으로 한정되어 있는 것 같기 때문이다. 그래서 오늘도 욕심 많고 고집 센 어느 여학생은, 단물 다 빠질 때까지 이 자리에 있겠다고 다짐해본다.

별을 마주하는 올바른 자세

김연아 효과 때문인지 몰라도 국민들의 피겨에 대한 관심은 전보다 몇 배나 불어났다. 종목 이름조차도 생소하게 느껴지던 예전과 달리 이제는 남녀노소 누구나 '피겨스케이팅'이라는 종목을 알 정도이다. 우리나라는 알다시피 동계스포츠에 그다지 강하지 않은 국가이다. 그럼에도 이렇게 피겨스케이팅이 인기를 얻게 된 원동력은 '팬' 덕분이다. 세계 최고의 스케이터 김연아와 세계 최고의 팬들은 지속적이고 뜨거운 관심과 성원으로 서로를 응원한다. 다른 나라들보다 젊은 팬층과 생각보다 대단한 관심에 다른 나라 선수들도 우리나라에서 공연하고 싶다고 말한다.

그러나 저번에 김연아 선수가 연습할 링크가 없어서 롯데월드 아이스링크에서 연습을 했다는 이야기를 들었다. '그럴 수도 있지'라며 대수롭지 않게 넘겼는데, 알고 보니 주위에서 플래시를 터뜨리고 환호를 지르는 등 미성숙한 응원을 했다는 이야기였다. 누군가에게는 그다지 중요하지 않을 수 있지만 나는 이것이 꽤 중요한 문제라고 생각한다. 인기로 먹고사는 사람들에게 팬이라는 존재는 없으면 안 된다. 팬의 사전적인 의미는 '운동 경기나 선수 또는 연극, 영화, 음악 따위나 배우, 가수 등을 열광적으로 좋아하는 사람'이다. 이렇듯 팬은 그들에게 있어 무엇보다 중요하다. 응원하고 사랑해주어 그 사람을 더 빛나게 해주어야 하는 것이 팬의 역할이지 않은가? 무자비하게 떠들고 방해하면 그것은 무대에 있는 이를 불편하고 힘들게 하는 행동에 불과하다. 그를 사랑한다면 조금 더 편하게 경기할 수 있는 환경을 만들어주어야 하며 자신의 모든 것을 쏟아부어 더욱 멋진 경기를 할 수 있게 도와주어야 한다. '팬' 이라는 것은 마냥 무조건적으로 그들을 사랑하는 것만이 아닌 그들이 빛날 수 있게 해 주는 존재라고 생각한다. 피겨스케이팅을 좋아하는 우리나라 팬들이 더욱 성숙한 팬 의식을 갖고 항상 선수들과 경기에 무한한 사랑을 보내준다면 지금껏 쓰여왔던 피겨 역사는 정말로 뒤바뀔지도 모르겠다.

끝나지 않은 이야기

끝끝내 자신의 한계를 넘어서버린 대단한 소녀는 좌절하고 있던 누군가에게는 희망으로, 또 다른 누군가에게는 우상으로 남았다. 그녀는 이미 성공했다고 해도 과언이 아니다. 인간의 수명을 80년으로 볼 때 그녀는 그 중 4분의 1밖에 살지 않았음에도 세계 최고가 되었다. 그 비결은 딱 하나일 것이다. 노력. 몸이 부서져라 열심히 연습했던 부단한 노력이 새 역사를 쓰게 한 것이다. 그래서 모두가 김연아 선수에게 극찬을 하는 것이다. 힘들었지만 스스로 컨트롤을 잘했고, 덕분에 멋지게 꿈을 이루었으며 지금도 여전히 노력하고 있다.

이제는 모두가 그녀의 라이벌은 그녀 자신이라고 말한다. 예전에만 해도 쟁쟁한 여러 선수들을 김연아의 '라이벌' 이라 칭했지만 지금 김연아 선수는 가히 전설이 되었다. 이제껏 그녀에게 꿈이 있다면 올림픽에서 금메달을 따 챔피언이 되는 것이었다. 하지만 그녀는 꿈을 이뤘다. 챔피언이 되었고, 이미 최고가 되었다. 그녀는 앞으로도 피겨

활동을 할 것이라고 말한다. 이미 피겨선수로서는 나이가 많기 때문에 이제는 코치활동이나 공연 등을 병행하며 얼음 위를 떠나지 않을 것이라고 한다.

나에게도 꿈이 있다면 김연아 선수처럼 자신의 자리에서 최고가 되는 것이다. 대한민국을 대표하는 아나운서가 되어서 뉴스 진행도 해보고 싶고, 라디오 진행도 해보고 싶다. 무엇보다도 내 목소리로 누군가에게 기쁜 소식을 전해주고 싶다. 또 오랫동안 아나운서 생활을 하다가 예쁜 가정도 꾸릴 거다. 열심히 일해서 모은 돈으로 예쁜 집도 구해서 꽃밭을 만들고, 내 집 꽃밭에 물 주며 늙어가는 것이 꿈이다.

앞으로 누가 봐도 인정할 만큼 멋진 사람이 되기 위해 부단히 노력할 것이다. 그리고 나 역시 새 역사를 쓸 거다. 훗날 나도 누군가에게 이만한 영향력을 주는 인물이 될 수 있기를 바란다. 그리고 매사에 최선을 다해서 꼭 꿈을 이룰 것이라고 다짐해본다.

제2막
영화를 읽으며

10장 전쟁과 형제

김광회

태극기 휘날리며

감독 : 강제규
주연 : 장동건, 원빈, 이은주
제작 국가 : 한국(2003)
개봉 : 2004년
장르 : 드라마, 전쟁

이 영화를 보기 전인 초등학교 시절, 〈태극기 휘날리며〉를 찍은 합천영화세트장에 들른 적이 있었다. 목적지는 그곳이 아니어서 어디를 가던 중에 들렀었던 것 같은데, 넓은 곳에 폐허처럼 서 있던 건물, 대포 같은 것과 철모 등도 놓여 있었다. 길 옆 넓은 들판에 빈 건물들과 그 너머로 산등성이들이 있었다. 입구에서 별 생각 없이 철모를 쓰고 사진을 찍고 잠시 들렀다 그냥 왔는데, 이제 돌이켜보면 후회스럽다. 영화를 보고 나서 세트장을 생각해보니 보잘것없이 보였던 세트장이 영화의 장면으로 생생하게 되살아난다.

영화로는 실제의 일부분만 담을 수 있는데, 이 영화에서 보면 전쟁으로 인해 셀 수 없이 많은 사람들이 죽는다. 그렇다면 실제 전쟁에서는 얼마나 많은 사람이 죽었을까? 사상자, 많은 유가족 등 전쟁은 셀 수 없이 많은 희생자를 낳는다. 이 영화를 보며 6·25전쟁 당시 희생된 사람들과 가족들의 가슴 아픈 사연과 심정을 느껴보았다.

동생을 위해

평화롭던 마을에 갑작스럽게 6·25전쟁의 소식이 들려오고, 진태의 가족은 짐을 싸서 피난을 가게 된다. 피난을 가는 길에, 학생이지만 18세가 된 동생 진석은 본의 아니게 군대에 끌려가게 된다. 형 진태는 집안의 희망인 어린 동생을 혼자 보낼 수 없어 진석과 함께 군대에 가기로 한다. 진태는 진석을 집에 보내기 위해서 대장에게 어떻게 하면 진석을 집에 보낼 수 있겠냐고 묻자, 대장은 훈장을 받으라고 한다. 그 후로 진태는 훈장을 받기 위해 목숨을 걸고 전쟁에서 싸우기 시작한다. 사실은 훈장이 목적이 아닌 동생을 안전하게 집에 보내는 것이 진짜 목적인 것이다. 전쟁터에서 살고자 하면 죽고, 죽고자 하면 산다고 했는데 진태가 죽기 살기로 싸우자, 북한군은 모두 쓰러진다. 진태는 인간이 아닌 싸우는 기계가 되어가고 있었다. 진석은 갑자기 이러는 형의 모습이 낯설고 혹시 다치지는 않을까 걱정이 된다. 서로 서로 걱정해주는 모습이 다정하면서도 안타까워 보였다. 진태는 자신의 목숨도 아닌, 동생의 목숨을 지켜주기 위해서 자신의 목숨을 걸고 싸운다.

내가 이전에 서평을 쓰며 읽었던 『나무소녀』라는 책도 전쟁과 관련된 이야기이다. 그 전쟁은 과테말라에서 일어난 내전이지만, 전쟁을 겪는 백성들의 고통은 비슷하다. 전쟁으로 인해 민간인들은 억울하게 집과 삶의 터전을 빼앗기고 피난을 가야 한다. 『나무소녀』의 주인공은 자신의 동생들을 지키기 위해 최선을 다하지만, 결국 동생들은 죽고 가장 어린 여동생만 남게 된다. 『나무소녀』의 과테말라 내전은 36년간 지속된 내전으로, 20만 명 이상이 숨지거나 실종되었다. 또 수백 개 이상의 인디오 마을이 불에 타 사라졌고, 수만 명이 학살당했다.

이런 점에서 볼 때 〈태극기 휘날리며〉와 『나무소녀』는 비슷한 듯하다. 전쟁이 일어나는 곳에서 사랑하는 가족을 지켜내기 위해 최선을 다하지만 모든 가족을 지켜내지는 못한다. 전쟁은 무고한 사람들의 생명만 파괴시킬 뿐이다. 백성들이 전쟁을 함으로써 얻고자 하는 것은 없다. 다만 전쟁이 끝나기를 바랄 뿐이다.

전쟁의 비극

영화에서 한 사람이 대포를 쏘다가, 날아온 총에 맞아 팔이 잘려 나갔다. 그 사람은 자신의 팔을 보며 당황하고 놀란다. 이런 일들이 단지 영화가 아니라, 실제 있었던 일이라는 게 더 소름끼쳤다. 게다가 피난 가던 민간인들도 폭탄에 맞는 장면이 나온다.

외할아버지는 노인정에서 같이 쓰던 고장난 커다란 선풍기를 고쳐

주시려다가 선풍기에 손가락을 잘리셔서 오른쪽 네 번째 손가락이 한 마디가 없다. 외할아버지도 아프시겠지만, 그것을 보는 우리 가족도 마음이 아팠다. 또, 선풍기를 같이 쓰시던 노인정의 노인들도 미안할 것이다. 팔 전체가 없어진다거나 다리 한쪽이 통째로 없어지면 몸과 마음이 얼마나 아플까 짐작이 된다. 전쟁으로 다친 자신들만 아픈 것이 아니고, 가족들은 다친 사람을 보며 항상 마음이 아플 것 같다.

이러한 비극의 원인은 바로 6·25전쟁이다. 우리나라는 제2차세계대전이 종결되고, 일본의 점령으로부터 해방되었으나, 북위 38도선을 경계로 하여 국토의 분단이라는 비참한 운명에 놓이게 되었다. 북한에 주둔한 소련은 남북 간의 왕래와 통신연락을 단절시키고, 한반도의 반영구적인 정치적 분단을 강요하였다. 나는 영화의 등장인물인 영만 아저씨의 대사가 마음에 들었다.

"난 사상이 뭔지 모르겠는데 형제끼리 총질할 만큼 중요한 건가? 일제 땐 나라나 구한다고 싸웠지. 이건 뭐야!"

웃기게 들릴 수 있는 대사이지만, 순진한 백성들의 마음을 잘 나타낸 것 같다. 백성들은 사상, 이념 같은 것은 무엇인지 모르고, 무엇 때문에 왜 싸우는지도 모른다. 자신의 사랑하는 가족 또는 내 나라를 구하기 위해서 싸웠을 뿐이다. 전쟁을 하면 이득을 보는 사람은 손해를 보는 사람에 비해 극소수이다. 토지는 황폐해지고, 백성들은 심리적으로도 신체적으로도 매우 고통 받는다.

영화를 보는 내내 나라를 지키려고 싸우는 것도 아니고, 같은 민족

끼리 싸우는 것을 보면서 마음이 답답해졌다. 지구상에 남은 유일한 분단국가가 우리나라라고 하는데, 우리는 아직도 6·25전쟁의 그늘에서 벗어나지 못하고 있다.

짧은 만남과 이별

진석이 포로창고에서 다쳐 치료를 받고 제대를 얼마 앞두지 않은 어느 날, 동료가 진석에게 진태가 집에 부치려 하던 편지를 건네주었다. 그 편지를 잃고 형의 진심을 알게 된 진석은 동생이 죽은 줄 알고 북한군 쪽에서 깃발부대 부대장으로 국군에 맞서 싸우던 진태를 찾아간다. 과연 만날 수 있을까 하는 생각이 들었다. 위험을 무릅쓰고 달려갔는데, 이미 형은 제정신이 아니었고, 진석이 알고 있던 형이 아니었다. 형은 소중한 동생을 잃은 아픔에서 아직 헤어나오지 못한 것 같았다. 누구든지 무엇이든지 자신의 눈에 보이면 때리고, 죽였다. 자신이 진석이, 형의 동생이라고 말을 해도 형은 믿지도 듣지도 않았다. 그때 진석이 진심으로 슬퍼서 하는 말이 형에 대한 진석의 마음을 느낄 수 있었다.

"엄마한테 가야 될 거 아냐. 영신이 누나 산소에도 가야 될 거 아니냐고. 구둣방 사장 돼서 엄마하고 같이 있게 해준다고 해 놓고. 이렇게 죽을 거냐고. 바보같이 나 땜에 학교도 못 가고. 매일 구두통 들고 다니면서, 나 대학 가는 거 봐야 될 거 아냐, 어?"

형이 그제야 진석을 알아보았고, 불에 탄 포로창고에서 주운 만년필을 건네주었다. 진석은 형과 다시 만날 때, 그때 달라고 하였다. 그때 북한군이 밀려왔다. 형은 죽은 줄만 알았던 동생 진석이 도망갈 수 있도록 자신이 속해 싸우던 북한군에게 기관총을 쏘았고, 북한군의 총에 맞아 쓰러져 죽게 된다. 이 장면의 배경음악이 매우 슬픈 느낌이 났다. 격렬하게 싸우는 장면인데도, 슬픈 노래가 나옴으로써 우리의 감성을 더욱 자극하는 것 같았다. 서로의 존재를 부정하며 살던 진태와 진석의 얼굴에 진흙과 피가 묻었지만, 만나서 서로를 알아보는 것이 전쟁 속에서도 형제간의 우애를 깨뜨릴 수 없다는 것을 깨닫게 했다.

진석이 도망갈 수 있도록 기관총으로 북한군을 쏘던 형은 북한군의 총에 맞아 죽는다. 결국 형은 유골이 되어, 50년 뒤, 6·25전쟁 전사자 유해발굴작업에 의해 발견된다. 6·25전쟁 전사자 유해발굴작업은 6·25전쟁 당시 나라를 위해 목숨을 바쳤으나, 이름 모를 산에 홀로 묻힌 13만여 명 호국용사들의 유해를 찾아 현충원에 안치하는 국가적 보훈사업을 말한다. 아직도 6·25 당시 찾지 못한 유해가 13만여 명이나 된다고 한다. 시간은 오래 걸리겠지만, 영구 작업을 통해 언젠가는 꼭 모두 찾아서, 유족들의 품에 안겨줬으면 좋겠다. 그들을 기억하고 기다리는 사람들이 다 사라지기 전에 너무 늦지 않게 이런 일들이 이루어졌으면 좋겠다.

이 영화의 첫 부분에는 6·25전쟁 당시에 우리나라에 목숨 바친 용사들의 유해를 발굴하는 장면이 나온다. 할아버지가 된 진석은 전화를 받고 형의 유골이 묻힌 곳으로 간다. 형의 유골 옆에는 형이 다시 만나면 주기로 했던 만년필이 놓여 있었다. 진석이 대학교에 입학할 때 선물로 주려고 했던 형이 만든 구두를 늙어서 할아버지가 될 때까지도 가지고 있던 진석이였다. 형 또한 유골이 되어서까지 진석의 만년필을 지키고 있었던 것이다. 진태와 진석이 만나지 못해 아쉽다.

이 영화를 보면서, '전쟁은 결코 일어나서는 안 된다' 라는 생각이 가장 많이 들었다. 전쟁을 함으로써 얻는 게 뭐가 있을까. 고작 영토, 소유권과 같은 것이 많은 사람들의 목숨보다 소중할 수 있을까. 전쟁을 함으로써 얻는 것보다는 잃는 것이 훨씬 많다는 것은 누구나 알고 있다. 제3자의 입장에서는 전쟁으로 인해 전사자가 많다고만 이야기를 하지만, 그 전사자 유가족의 입장에서는 그렇지 않다. 우리 엄마는 언니들과 오빠, 남동생이 있었는데, 남동생이 어느 날 교통사고를 당해 돌아가셨다고 한다. 내가 태어나기 전의 일이라서 나는 잘 모르지만, 엄마는 아직도 동생을 생각하며 마음 아파하신다. 그런데 유가족들은 어떨까. 어쩌면 평생 나라를 원망하며 살 수도 있다. 또한, 유가족만큼이나 마음 아픈 이산가족은 살아있는데도 만나지 못한다. 어쩌면 살아있는지, 죽었는지도 모른다. 한 가족임에도 불구하고 만날 수 없다면, 어떻게 살아야 할지 막막하다. 텔레비전에서 이산가족이 상봉하는 모습을 별 감정 없이 바라보았는데 영화를 통해 그들의 절실한 심정을 다소나마 느낄 수 있었고, 통일에 대해서도 진지하게 생각해보게 된다. 통일을 정치적인 관점에서가 아닌 사람들의 절절한 심정으로 다가간다면 어쩌면 우리가 생각하는 통일은 그리 어렵지만은 않을 것 같다.

11장 음악이 만든 운명

노정혜

어거스트 러쉬

감독 : 커스틴 쉐리단
주연 : 프레디 하이모어, 조나단 리스
　　　마이어스
제작 국가 : 미국(2007)
개봉 : 2007년
장르 : 드라마, 판타지

　파티가 열리는 건물의 옥상, 이끌리듯 마주치게 된 루이스(조나단 리스 마이어스)와 라일라(케리 러셀)는 서로 첫눈에 반한다. 둘은 그날 밤을 함께 보냈지만 다시 헤어지고 만다. 부유한 집안의 이름난 첼리스트와 밴드의 보컬이자 기타리스트인 평범한 남자. 아버지의 반대도 심했거니와 자꾸만 엇갈리게 되는 둘은 결국 만나지 못한다. 하지만, 곧 라일라는 자신이 임신한 사실을 알게 되고, 오래도록 루이스를 그리워하다 교통사고가 나고 만다. 그녀가 정신을 차렸을 때는 아기가 죽었다는 청천벽력 같은 소리를 들어야 했다. 그 후 라일라는 첼로를 잡지 않은 채로 10년이 넘도록 살아왔다. 루이스도 마찬가지이다. 라일라와 헤어진 후로 노래와 기타와는 멀어진 그는 오랫동안 평범한 회사원으로 살아왔다.

그로부터 11년 후, 라일라의 아버지는 돌아가시기 직전에 믿을 수 없는 이야기를 전한다. "그 애기는, 널 다치게 할 수 있었어. 난 두 손 놓고 있을 수가 없었다, 라일라. 난 우리를 위해 선택을 했던 거다." 아이는 살아있었다. 그 후 라일라는 자신의 아이를, 아이는 자신의 부모님을 찾기 위해 연주한다. 어떻게 된 일인지 라일라가 다시 첼로를 켤 때부터 루이스도 기타를 잡기 시작한다. 그들은 다시 멀리서나마 화음을 만든다. 말로 표현 못 하는 부모와 자식의 텔레파시인지, 우연의 일치인지는 몰라도, 멀어졌던 그들은 서서히 가까워진다, 운명처럼.

여행의 시작

드넓은 갈대밭에 한 소년이 서 있다. 바람이 불어오고, 풀잎이 스치는 모든 소리가 그의 귀엔 음악으로 들린다. 눈을 감고 온몸으로 자연을 느낀다. 어떤 이의 귀에는 성가신 바람소리로만 들릴 수도 있는데, 어거스트는 그 모든 소리를 하나의 곡으로 듣는다.

여름방학 때, 친구와 놀러 갔다가 비가 너무 많이 와서 꼼짝도 못하고 비 그치기만을 기다린 적이 있다. 하지만 빗소리는 더 거세졌고, 우산이 없던 우리는 그냥 비를 맞고 가기로 했다. 머리카락에, 입술에, 신발 속으로 들어오는 빗방울의 온도는 모두 달랐다. 소리도 모두 달랐다. 가만히 서서 차가운 비를 맞고 있으니, 내가 땅 속에 녹아드는 느낌이었다. 신경 쓰고 있던 모든 것들이 잊혀졌고, 웃음이 났다. 친구와 마주 보고 소리내어 크게 웃고 있으니 이 순간이 정말로 행복하게 느껴졌다. 지금껏 나를 힘들게 했던 모든 것을 잊을 만큼.

어거스트에게 음악은 이런 것이 아니었을까? 자연과 하나가 되고, 모든 것을 비우고 채우는 과정. 나에게 비를 맞는 그 순간이 그렇게 크게 다가왔듯이, 우리에게 아무렇지도 않게 지나갈 수 있는 사소한 소음들을 어거스트는 자신만의 협주곡으로 바꿀 수가 있는 것이다. 누군가는 천재적인 재능을 가졌고, 누군가는 자신이 가진 능력에만 급급해하며 살아간다. 우리는 천재가 아니지만, 자연을 느낄 수 있고 빗소리가 만들어내는 화음을 기억한다. 어거스트와 우리가 공감할 수 있는 유일한 분야가 음악이 아닐까. 자연이 만들어내는 소리, 너무나도 흔해서 쉽게 지나칠 수 있는 소리마저도 음악으로 승화시키는 어거스트가 정말 멋지다. 나도 앞으로 매사에 귀 기울여서 세상이 내는 소리를 들어야겠다.

Make ready-time

우연히 만나게 된 거리의 악사 아더를 따라 그들이 사는 집으로 가게 된 어거스트는 위저드를 만난다. 음악을 사랑하지만 그것을 돈벌이 수단으로 이용하는 괴짜 보호자 위저드는 어거스트를 거부한다.

어거스트는 음악 하는 아이들을 모아놓고 사업이라 하는 위저드를 보고 미쳤다고 말하지만 그곳에서 하루를 지내게 되고, 다음날 여기저기 둘러보다가 먼지 쌓인 기타를 발견한다. 처음에 줄 하나를 퉁겨보다 이윽고 독특한 방법으로 기타를 이리저리 치는 어거스트의 얼굴에는 미소가 번졌다. 그의 모습을 보며 진정으로 살아있는 듯한 느낌이 들었다. 누군가가 시켜서 강제로 하는 일이 아닌, 자신이 원하고 즐기는 일이라는 것이 온몸으로 와 닿았다.

　나도 그런 적이 있다. 누가 시키지도 않았고 하라고 하지도 않았는데, 용돈을 모아 오븐을 사고 밀가루를 사고 초콜릿을 샀었다. 그리고 내가 만든 것은 빵, 쿠키, 초콜릿 같은 것들이었다. 처음에는 내 손에서 온전한 모양의 '먹을 것'이 나온다는 것이 정말 신기했다. 하지만 갈수록 그것은 나의 스트레스를 해소하는 도구가 되었고 잔잔한 음악을 틀어 놓고 하루 종일 베이킹에 빠져 있다 보면 성가신 것들을 모두 잊는 나를 발견했다. 지금도 겨울만 되면 오븐을 켠다. 용돈을 탈탈 털어 밀가루와 초콜릿, 코코넛가루 같은 재료들을 사곤 한다. 내 최대의 취미이고 주위 사람들에게 선물하는 기쁨을 아는 계기도 됐다. 이제껏 받는 것만 좋아했는데, 누군가를 위해서 쿠키를 굽고 초콜릿을 만드는 일은 생각보다 짜릿했다. 받는 사람의 표정을 상상하는 것도 좋았고, 어울리지 않는 앞치마를 입고 온갖 반죽을 묻힌 내 얼굴이 재밌기도 했다. 요즘도 부모님은 내가 그걸 전문적으로 할 것도 아니면서 베이킹에 온 관심을 쏟고 있어 불만이시다. 하지만 누가 하지 말라고 말려도 하고 싶고 시간 가는 줄 모르는 걸 보면 난 꽤 그것에 푹 빠져 있나 보다. 어거스트에게 음악도 그런 것이었겠지. 나에게 베이킹이 그렇듯이.

세상 사람들에게 하나쯤은 '무작정 좋은 일'이 있을 것이다. 예를 들어, 국내의 유명 헤어디자이너 중에 박준이라는 사람이 있다. 초등학교 졸업이 학력의 전부인 그는 현재 35개의 체인점을 가지고 있는 성공한 CEO이다. 그는 미용실 일을 비롯해 자서전도 펴내고, 강의도 하며 바쁜 나날을 보내고 있지만, 좋아서 하는 일이니 신난다며 콧노래를 불렀다. 즐기며 하는 일이라 더 빨리, 더 크게 발전할 수 있었다고 말하기도 했다. 예전부터 많이 들어오던 말에 "천재는 노력하는 사람을 이길 수 없고, 노력하는 사람은 즐기는 사람을 이길 수 없다"고 했다. 어떤 일을 해서 따라오는 결과를 생각할 것이 아니라, 그 자체를 즐긴다면 어떤 방향으로든 좋은 결과를 얻을 수 있을 것이다. 누구에게나 그 길은 열려 있고, 음악의 천재인 어거스트는 물론 한낱 평범한 중학생일 뿐인 나에게도 그 길은 열려 있을 것이다. 내일은 아무도 모른다. 훗날 내가 많은 사람들을 행복하게 할 빵을 굽는 파티쉐가 되어 있을지 어떻게 아는가?

든든한 뒷받침

거리를 떠돌다 우연히 교회에 들어간 어거스트는 교회 성가대의 노랫소리를 듣게 된다. 한참을 그들만 바라보고 있던 어거스트는 흑인 꼬마 소녀를 만나게 되고, 그녀의 침대 밑에서 하룻밤을 지내게 된다. 다음날 피아노를 연주하고 있던 소녀에게서 간단한 음계 몇 개를 배운 어거스트는 소녀가 학교에 가자마자 신들린 듯이 악보를 그린다. 창 밖 운동장에서 나는 농구공 튀기는 소리, 줄넘기 돌리는 소리를 수십 장의 악보에 담아내고, 집으로 돌아와 그 광경을 본 소녀는 깜짝 놀라서 목사님께 달려간다. 목사님의 손을 끌고 어거스트에게 달려간 소녀는 이내 놀라운 것을 목격한다. 아침에 음계를 겨우 배운 어거스트가 예배당에 있는 큰 파이프 오르간을 연주하고 있던 것이다. 신기하고 놀라운 광경을 본 목사님은 어거스트에게 제대로 된 교육을 제공하기로 결심하고, 어거스트는 곧 줄리어드 음대에서 고급 교육을 받게 된다. 만약, 수많은 악보로 어지럽혀 놓은 방을 본 소녀가 그것들을 쓰레기로 취급하고 버렸으면 어떻게 되었을까? 어거스트는 본인의 재능이 그만큼인지 알지도 못했을 뿐 아니라 나중에 부모님도 만날 수 없었을 것이다. 또, 커다란 파이프오르간을 연주하고 있는 어거스트를 본 목사님이 "거긴 네가 있을 자리가 아니야! 당장 내려와!"라고 했다면, 어거스트의 재능은 세상에 알려지지 못했을 것이다. 그만큼 주위 사람들의 역할은 중요하다.

내가 갓 초등학생이 되었을 때, 학교에서 시 쓰는 것을 배우고 한창 집에서 시를 썼던 적이 있었다. 보이는 것 하나하나가 소재가 되고, 시상이 되니 그것보다 재미있는 놀이가 없었다. 방에 내가 쓴 짧은 시들이 쌓여갈 때쯤, 엄마의 친구이신 한 이모가 내가 쓴 시들을 가져가서 작은 시집으로 엮어주셨다. 출판할 만큼 예쁘게 만들어주신 것도 아니고, 그저 프린트해서 묶어주신 것뿐이었는데 나에게는 굉장히 크게 다가왔다. 그러고는 어린 나에게 칭찬과 조언을 아끼지 않으셨다.

　지금에서야 생각해보건대 그때 나의 재미있는 놀이에 불과했던 시 쓰는 것에 누군가가 칭찬을 해주지 않았다면 나는 지금처럼 글 쓰는 것에 흥미를 느끼지 못했을 것이다. 어린아이의 장난으로 치부해버리지 않고 나를 인정해주는 것이 정말 기뻤고 뿌듯했다. 그렇게 시간이 흐르면서 초등학교를 다니는 내내 글을 쓰는 대회나 행사에는 무조건 참여했던 것 같다. 어떤 이에게는 지루하고 싫은 일일지도 모르지만 한때 작가를 꿈꾸기도 했던 나에게는 큰 재미였다. 지금은 하고 싶은 일들이 점점 많아지고, 꿈도 바뀌어서인지 예전만큼 글 쓰는 것을 좋아하지는 않지만 중학생이 되어서도 문예창작 영재반에서 활동하는 등 문학과 관련된 일에는 꾸준히 참여하고 있다. 내가 내 꿈을 이루었을 때, 내 이름을 건 책을 쓰고 싶다는 생각도 있다. 사소한 말 한마디에 이렇게 큰 꿈을 꾸게 되는 걸 보면 조력자의 역할이 참 대단한 것 같다. 내가 이렇게 큰 영향을 받았듯이 나도 누군가에게 희망을 주는 든든한 뒷받침이 되어야겠다.

　영화 마지막 부분에 어거스트의 공연장에서 라일라와 루이스, 어거스트가 모두 만나는 장면은 굉장히 예뻤지만 너무 뻔한 감이 있었다. 음악적인 면이 많은 영화라 그런지 전체 스토리보다는 한 장면 한 장면이 인상 깊었다. 처음부터 결말을 예측할 수 있을 것 같은 뻔한 전개였지만 보는 내내 마음이 두근거렸다. 생각해보면 세 사람을 묶는 소재가 다름 아닌 '음악'이었기 때문일 것이다. 뮤지컬도 좋아하고 혼자서 좋아하는 가수의 콘서트에 가기도 하는 나로서는 음악을 꽤나 좋아하는 편인데, 음악이 누군가에게 생동감을 불러일으키는 존재라고 생각해본 적은 없었다. 하지만 영화를 보면서 어떤 이에게는 음악이 전부일 수도 있겠다는 생각이 들었다. 또, 장면 장면에서 흘러나오는 음악들은 정말 탁월하게 선택을 잘한 것 같다. 처음에 어거스트가 기타를 잡는 장면이나, 루이스와 어거스트가 만났을 때 연주하던 곡은 듣기에도 정말 좋아서 따로 찾아보기도 했다. 그만큼 〈어거스트 러쉬〉는 음악이 일으키는 효과가 얼마나 대단한지를 알 수 있게 해 준 것 같다. 글을 쓰기 전에 몇 번이나 봐서인지, 아름다운 음악을 많이 접해서 그런지는 몰라도 오래오래 기억에 남을 것 같은 영화이다.

행복을 찾아서

제갈소현

오만과 편견

감독 : 조 라이트
주연 : 키이라 나이틀리, 매튜 맥퍼딘
제작 국가 : 영국(2005)
개봉 : 2006년
장르 : 드라마, 멜로

"You have bewitched me, body and soul. And I love, I love, I love you.
I never wish to be parted from you from this day on." — Mr. Darcy

이 영화의 시대적 배경은 18세기 후반에서 19세기 초반이다. 당시 여성들은 여자라는 이유만으로 부모로부터 재산을 물려받지 못했고, 남성보다 열등한 위치에 있었다. 신분 상승이나 안정을 얻을 수 있는 방법은 결혼뿐이었다. 그래서 여자들은 사랑하는 사람과의 결혼이 아닌 부자와의 결혼을 꿈꾼다. 〈오만과 편견〉은 사회적 상황과 상관없이 자신이 사랑하는 사람과 결혼한 엘리자베스, 그리고 그녀의 자매들과 친구들의 이야기이다. 이 영화는 줄거리도 좋지만 인물들의 손짓과 발짓을 통해 그들의 특징과 성격, 심리 상태 등을 잘 표현해냈다. 배경과 날씨를 이용해서 영화의 분위기를 감성적으로 이끌어나가는 섬세함도 돋보인다. 내가 사랑을 해본 적은 없지만 이 영화를 보고 나니 서로를 사랑한다는 것이 어떤 것인지 조금은 알 것도 같다. 또 각기 다른 방식으로 살아나가는 인물들을 통해 소중한 교훈을 배웠다.

우리 사이를 가로막는 것들

주인공인 엘리자베스와 다아시는 무도회에서 처음으로 만난다. 모두가 즐기는 무도회에서 다아시는 춤을 추기는커녕 말도 많이 하지 않는다. 표정은 언제나 굳어있는 데다가 자신의 의견에 대해서는 굽히지 않는 다아시를 엘리자베스는 오만한 사람이라고 생각하게 된다. 설상가상으로 다아시가 그녀의 언니인 제인과 빙리를 갈라놓았다는 것을 듣고 충격을 받는다. 그날은 구름이 엘리자베스 대신 울어주는 것처럼 비가 억수같이 쏟아진다. 비에 흠뻑 젖은 채로 다아시는 엘리자베스에 대한 사랑을 고백한다. 하지만 암울하기 짝이 없는 날씨에 걸맞게 거절당한다. 엘리자베스는 그의 행동에 대해 따지며 화를 내고 다아시도 참던 분을 터뜨린다. 다아시가 베넷 가족의 교양 없는 언행을 비난할 때는 엘리자베스의 충격을 대변하기라도 하듯 쾅 하고 천둥이 친다. 두 사람의 오해와 편견이 쌓이고 쌓여 폭발하는 장면이다.

엘리자베스와 다아시가 서로에 대한 편견 때문에 다툰 것처럼 나도 다른 이에게 편견을 가진 적이 있다. 같은 반이 된 한 친구에 대한 편견이었다. 나는 처음에 그 친구를 마뜩찮게 생각했다. 처음 만나는 사람에게 갖는 아주 조금의 경계심에 그 친구의 인상이 보태져서 저애 별로다, 라는 인식을 갖게 되었던 것 같다. 그런데 같은 반으로 몇 달을 지내다 보니 세상에, 내 또래 아이들 중 그렇게 착하고 친절한 아이는 처음 보았다. 나는 솔직히 내 물건을 빌려줄 때 함부로 쓸까 봐 좀 꺼림칙하다. 그런데 그 친구는 그런 낌새는 전혀 없는 데다, 내가 운을 떼기도 전에 내가 준비물이 없다는 걸 눈치 채고 먼저 '빌려줄까?' 하고 말을 걸기도 했다. 그 외에도 그 친구에게 받은 배려를 나열하자면 수도 없이 많다. 함께 지내면서 진심으로 본받고 싶었던 점이 많았고, 그 친구를 생각하며 나도 다른 사람들에게 조금 더 친절해졌던 것 같다. 그 친구에 대해 내가 처음 가졌던 편견이 지금 생각해보면 정말 경솔했구나 싶고 부끄럽다.

〈오만과 편견〉을 본 후 또 하나의 영화를 보았다. 〈오만과 편견〉의 원작 소설을 쓴 작가 제인 오스틴의 사랑 이야기를 다룬 〈비커밍 제인〉이라는 영화다. 제인 오스틴은 자신의 사랑 이야기를 『오만과 편견』에 그대로 반영시켰다. 그래서 두 영화는 놀랍도록 닮았다. 당찬 성격의 제인 오스틴은 엘리자베스를 연상시키고, 엘리자베스가 다아시를 오해했듯 그녀가 사랑한 남자인 톰 르프로이를 오만하다고 생각했던 것까지 똑같다. 제인 오스틴은 톰 하나만 믿고 런던까지 온 자신에게 "나만 바라보는 가족들을 버릴 수는 없다"라고 말하는 그의 사랑을 의심하며 떠나버린다. 그러나 나중에 톰의 어머니가 쓴 편지를 보고 그가 가족 안에서 얼마나 큰 책임을 지고 있는지 알게 된다.

제인 오스틴이 오만과 편견을 쓰면서 말하고 싶었던 것들 중 하나는 편견의 부질없음일 것이다. 상대를 제대로 알지 못하고 가졌던 편견이 제인과 톰을 떼어놓고, 엘리자베스와 다아시를 떼어놓고, 내가 친구를 똑바로 보지 못하게 한 것은 모두 헛된 것이었기에. 나는 이미 한 번 편견을 경험했고, 편견이 부질없다는 것도 알게 되었으니 이제는 누군가를 섣불리 판단하는 일이 없도록 노력할 것이다.

언제나 이상만을 쫓을 수는 없다

콜린스는 베넷 가족의 먼 친척으로 베넷 씨의 유산을 물려받을 사람이다. 엘리자베스는 콜린스에게 청혼을 받지만 단박에 거절한다. 그런데 얼마 후 엘리자베스는 친구인 샬롯이 콜린스와 약혼했다는 소리를 듣는다. 그 사람 정말 이상한 사람이라며 황당해하는 엘리자베스에게 샬롯은 화를 낸다. 세상 모든 사람들이 로맨틱해질 여유는 없는 것이라고. 자신은 벌써 스물일곱이고, 돈도 없고 미래도 없는 데다 이미 부모님께 짐만 되고 있다고. 그게 두렵다고 말하며 울먹거리는 샬롯이 너무 불쌍했다. 여자라면 당연히 사랑과 결혼에 대한 환상이 있기 마련인데, 안정된 생활을 위해 사랑하지 않는 사람과 평생을 함께하기로 한 샬롯이 같은 여자 입장에서 가여웠다. 화를 내면서도 샬롯은 돈을 위한 결혼은 하지 않겠다고 당당하게 말할 수 있는 엘리자베스가 부럽지 않았을까. 샬롯이 돌아간 후 엘리자베스가 탄 그네가 빙빙 돌아가고 엘리자베스는 그네에 앉아 멍하니 앞을 바라보는 장면이 나온다. 엘리자베스의 눈에 비친 풍경은 그녀의 혼란스러운 마음을 보여주는 것처럼 계속 변한다. 그 중 비 내리는 풍경은 친구의 어쩔 수 없는 선택에 대한 안쓰러움과 슬픔을 나타내는 것만 같았다.

사실 처음 영화를 봤을 때는 샬롯의 선택이 어리석다고 생각했다. 현대처럼 여자로서의 생활이 자유로울 수 있는 것도 아니고, 이혼을 마음대로 할 수 있는 시대도 아니었는데 경박하기 짝이 없는 콜린스와 남은 여생을 보낸다니. 그런데 '내가 만약 샬롯이었다면 더 나은 선택을 할 수 있었을까?' 라는 생각을 해보니 샬롯을 이해할 수 있었다. 말 그대로 부모에게 짐만 되는 시궁창 같은 상황에서 최선의 선택을 한 것이다. 제인 오스틴의 원작에서 샬롯은 '스물일곱의 나이에 한 번도 예뻐본 적이 없는 여자'로 나온다. 한마디로 못생겼다는 것이다. 예쁜 엘리자베스나 제인과는 다르다. 그러므로 샬롯의 입장에서는 (그녀의 대사를 빌리자면) 운이 좋았고 감사할 것이 많은 결혼일 수도 있는 것이다. 게다가 결혼 후 엘리자베스가 콜린스와 샬롯의 집을 방문하는데 둘은 의외로 잘살고 있다. 이 장면도 처음 볼 때는 '친구가 왔는데 당연히 잘사는 것처럼 보여야지'라고 비뚤어지게 생각했는데, 마음을 고쳐 먹고 다시 보니 샬롯은 행복해 보였다. 엘리자베스에게 가정을 꾸려나가는 것이 정말 행복하다는 말을 하기도 한다. 영화를 몇 번씩 돌려보면서 결혼에 대한 가치관은 사람마다 다를 수 있다는 것을 깨달았다. 샬롯은 이 영화에 나오는 사람들 중 가장 현실적인 결혼을 하는 사람이다. 나는 아직 결혼에 환상을 가지고 있기에 샬롯 같은 결혼을 하고 싶지는 않다. 하지만 사랑이 결여된 결혼일지라도, 샬롯이 그 생활에 만족하고 스스로 행복하다고 말할 수 있다면 그걸로 된 것이 아닐까, 라고 조심스레 생각해본다.

내 친구 중 한 명도 샬롯처럼 현실과 타협하는 선택을 했다. 그 친구는 한 달 만에 연습장 한 권을 다 써버릴 정도로 그림 그리기를 좋아했다. 실제로 잘 그리기도 해서 여러 미술대회에서 상을 탔다. 그 친구는 예술고등학교를 가고 싶어했고 예고에서 전화가 온 적도 있었다. 그런데 부모님의 반대가 심하셔서 고등학교 문제로 부모님과 싸우기도 했다고 한다. 사연을 들은 미술선생님께서 직접 집에 전화를 걸어주시기도 했지만 끝내 설득이 되지 않았다. 결국 그 친구는 예술고등학교를 포기하고 일반고등학교에 진학하기로 했다. 이 친구는 샬롯처럼 자기 선택에 대해 만족하지는 않았다. 하지만 악착같은 열정으로 고등학교에 가서도 계속 그림을 그리고 싶다고 한다. 고등학교 선택에서는 한발 물러섰지만 확실히 하고 싶은 일이 있고, '그림을 그리고 싶다' 는 선택은 버리지 않았기에 그 친구가 자신의 꿈을 이루어나갈 것을 믿는다.

내 결정은 내 것이다

베넷 가족이 사는 동네에 부자 청년 빙리가 이사를 온다. 그는 예쁘고 착한 베넷 가의 큰딸 제인과 사랑에 빠진다. 그러나 엘리자베스와 다아시처럼 그들도 결혼하기 전 한 차례의 아픔을 겪는다. 무도회가 끝나고도 인연을 이어나가던 둘이 당연히 결혼에 골인할 줄로만 알았던 베넷 가족의 기대와 달리 빙리는 마을을 떠나버린다. 제인은 빙리가 자신을 사랑하지 않는 것이라고 생각하며 슬퍼한다. 빙리가 제인을 사랑함에도 불구하고 떠나버린 이유는 동생인 캐롤라인과 친구 다아시의 반대 때문이었다. 주변 사람들의 만류에 빙리가 휘말려버린 것은 스스로도 결혼에 대한 확신이 없었기 때문일 것이다. 마차를 타고 떠나는 순간까지도 빙리는 심란한 표정이다. 제인에 대한 사랑에 확신이 없는 것이 아니라, 집안의 반대와 경제적 격차를 감당하고 행복하게 살 수 있을지에 대한 확신이 없어 겁이 났던 것이다. 제인이 평범한 집안의 딸이 아니라 자기처럼 호화로운 저택에 사는 부잣집 딸이었어도 빙리는 제인을 떠났을까?

빙리의 이런 성격은 나와 닮은 면이 있다. 나는 좋게 말하면 신중하고 나쁘게 말하면 우유부단한 편이라, 내가 정말 확신하는 일 이외에는 결정을 내릴 때 한참을 고민한다. 내 일인데도 주위 사람들의 조언에 많이 의지하고, 고민하다 지쳐서 대충 결정을 내린 후에도 옆에서 누가 반대하면 어 진짜 그런가 싶어 또 머리를 싸맨다. 그런데 생각해보면 주위 사람들 말만 듣고 결정한 일은 잘된 일이 없는 것 같다(내가 철없는 짓을 할 때 엄마가 말린 건 빼고). 예를 들어 수학학원을 어디로 가야 할지 못 정해서 그냥 주위에서 유명하다고 하는 학원을 간 적이 있다. 그런데 그 학원이 정말 빡빡한 학원이었다. 심화반이다 보니 선생님이 무슨 소리를 하는지도 모르겠는데 다른 아이들은 알아듣는 것 같고 숙제까지 산더미라 너무 힘들었다. 결국 한 달을 못 버티고 학원을 두 주 만에 끊었다. 그래서 지금 다니는 수학학원을 가기 전에는 상담을 두 번이나 받고, 이 선생님이라면 나와 잘 맞겠다 싶은 결정을 내린 후 등록을 했다. 예상대로 진도를 폭풍처럼 나가지도 않고 나에게 맞는 분위기라 잘 다니고 있다.

생각해보면 다른 사람들이 대신 내려준 결정이 나에게 맞지 않는 것은 당연한 일이다. 그들은 타인인 나의 결정을 위해 나만큼 애써 고민해주지 않을 것이고, 보편적인 선택이 아닌 나를 위한 선택이 과연 무엇일지 잘 알지 못한다. 그렇기 때문에 나는 성격을 고치고 내가 직접 내 일을 결정하려고 노력하고 있다. 만약 내 결정이 틀렸다는 것을 깨닫게 되더라도 그 책임까지 내가 지려고 한다. 무조건 조언을 받지 않는다는 소리가 아니라, 조언을 받더라도 최종 결정은 자신을 위해서 자신이 내리는 것이 옳다고 생각한다.

자기가 주체적으로 내리는 결정이 옳다는 것을 몇 년 전 텔레비전 〈골든벨〉을 통해 본 적이 있다. 골든벨을 울린 시골 여학생으로 유명해진 지관순 학생의 이야기다. 그녀는 집안 형편이 어려워서 초등학교도 제때 다니지 못했으나 열심히 공부한 끝에 상위권에 올랐고, 결국 골든벨을 울렸다. 덕분에 대학 등록금 전액을 지원받고 걱정 없이 공부를 하게 되었지만, 그녀에게도 많은 어려움이 있었다. 담임선생님과 진학 상담을 하던 날, 산업체에 가서 돈을 번 다음 대학을 가는 것이 어떠냐는 선생님에 말씀에 그녀는 눈물을 펑펑 흘렸다고 한다. 주변에서도 다들 대학 말고 산업체로 가라는데 선생님까지 그러면 자기가 누굴 믿고 공부를 하느냐는 것이다. 공부를 열심히 하려는 마음이 있는데도 형편 때문에 어려운 상황이 참 안타까웠다. 하지만 그녀는 자신이 옳다고 생각하는 길인 공부를 포기하지 않았고, '동양사를 전공해 이웃 강대국들의 역사 왜곡에 맞서는 학자가 되고 싶다' 라는 꿈을 이루어가고 있다. 지금 그녀는 대학을 졸업하고 대학원에 진학했으며 역사 관련 시민단체에서도 활동하고 있다고 한다.

그리고 행복한 결말

엘리자베스는 다아시가 쓴 편지를 읽고 여태 다아시에 대해 편견과 오해를 가지고 있었다는 것을 알게 된다. 사실 다아시는 엘리자베스의 자매들을 도와주었고 오만한 사람도 아니라는 것을, 오만한 사람은 오히려 자신이었다는 것을 깨닫는다. 절벽 위에 서서 다아시를 생각하는 장면에서 엘리자베스의 치맛자락은 그녀의 마음처럼 이리저리 휘날린다. 어지러이 섞인 마음 속에서 다아시에 대한 사랑을 찾아내, 과연 믿고 함께할 만한 사람인지 확신하고 싶은 심정을 표현하듯이. 다시는 베넷 가족이 사는 마을로 돌아온다. 그리고 동이 터오는 새벽, 엘리자베스에게 다시 한번 마음을 고백한다. 엘리자베스는 기꺼이 고백을 받아들인다. 눈을 감고 서로의 이마를 맞댄 둘 사이로는 찬란한 태양이 떠오른다. 밝은 빛에 가려져 얼굴과 얼굴의 윤곽선이 희미해지고 마치 두 사람이 원래 하나였던 것처럼 보인다. 이 장면은 둘의 부드럽지만 견고한 사랑을 상징하는 듯하다. 결국 자신의 사랑을 이루어내고 스스로 행복을 찾은 엘리자베스가 부러웠다. 엘리자베스의 결혼은 이 영화에 나오는 결혼 중 가장 이상적이고 아름다운 결혼이다. 현실과 타협할 줄 알아야 한다는 샬롯의 생각과 달리 결혼에는 사랑이 있어야 한다는 것이 엘리자베스의 생각이고, 그 가치관에 걸맞게 사랑으로 맺어진 진짜 의미의 결혼을 했기 때문이다.

이 영화의 결말은 앞에서 언급했던 영화 〈비커밍 제인〉과 유일하게 다른 부분이다. 엘리자베스와 다시의 사랑은 행복한 결말을 맺지만 제인 오스틴과 톰은 양 집안의 반대와 경제적 문제를 극복하지 못한다. 톰과 이별한 후 제인은 "내 글의 인물들은 여러 갈등을 겪은 후 원하는 모든 것을 얻게 될 거예요"라고 말한다. 실제로 엘리자베스와 그녀의 언니는 사랑하는 남자와 부, 행복 모두를 얻는다. 제인 오스틴은 사랑하는 남자와 헤어져야 했던 자기 대신 소설 속 인물들이라도 행복하게 만들어주고 싶었던 것 같다. 아니, 어쩌면 제인은 톰과 헤어졌을망정 조금이나마 행복했을지도 모른다. 그녀는 평생 독신으로 살며 원하는 글을 썼다. 그 속에 톰과 닮은 다시 같은 남자가 나오기도 한다. 그리고 톰 르프로이는 결혼한 뒤 첫째 딸의 이름을 제인이라고 지었다. 비록 끝까지 함께하지 못한 연인이었으나 그토록 애틋한 사랑을 했기에 제인은 『오만과 편견』처럼 아름다운 이야기를 쓸 수 있었다고 생각한다.

처음 영화를 봤을 때 이 영화가 말하고 싶은 것은 '진정한 결혼은 사랑으로 맺어지는 것이다' 라고 생각했다. 그러나 보면 볼수록 영화가 말하고자 하는 새로운 것들이 보였다. 그래서 내린 결론은, 이 영화에서 얻을 수 있는 교훈은 하나뿐만이 아니라는 것이다. 우선 사람마다 사랑하고 결혼하는 방식, 그리고 삶에 대한 생각이 다를 수 있다는 것을 보았다. 그리고 샬롯으로부터는 현실과 타협할 줄 아는 융통성을, 빙리의 망설임으로부터는 확신을 가지고 자신의 일을 결정해야 할 필요성을 느꼈고, 마지막으로 엘리자베스로부터는 떳떳이 자신의 삶을 사는 당찬 마음을 배웠다. 나와 다른 생각을 하는 사람들이 있다는 것을 알고, 뒤로 물러설 줄도 알며 내 삶을 스스로 개척해나간다면 나 또한 이들처럼 행복해질 것이라고 믿는다.

13장 사랑이 연주하는 피아노 선율

조인경

 **말할 수 없는 비밀**

감독 : 주걸륜
주연 : 주걸륜, 계륜미, 황추생, 증개현
제작 국가 : 대만(2007)
개봉 : 2008년
장르 : 드라마, 멜로, 판타지

텔레비전에서 한 남자가 사랑하는 여자를 위해 피아노를 연주하는 것을 본 적이 있다. 다른 것보다 그 곡 자체가 너무 좋아서 설레곤 했다. 곧 그 곡이 〈말할 수 없는 비밀〉의 OST라는 것을 알게 되었다. 그 것이 이 영화와의 첫 만남이었다. 〈말할 수 없는 비밀〉은 피아노와 음악으로 이야기들을 풀어내는 로맨스 판타지 영화이다.

― 쇼팽이 사랑한 여자야. 두 사람은 10년을 함께했지.
― 결국엔 헤어졌잖아.
― 하지만 10년도 충분히 긴 시간이야.

20년이라는 시간을 뛰어넘어 상륜과 사랑을 키워나가고 있는 샤오위에게 그와 함께 있는 시간은 매우 중요하고 소중한 시간이다. 그녀에게 쇼팽이 사랑했던 10년이라는 시간은 상륜과 함께할 수 있는 아주긴 시간이라고 할 수 있다. 샤오위가 자신이 과거에서 왔다는 사실을 비밀로 하고 있는 탓에 그 말의 뜻을 정확히 알 수 없는 상륜은 그저 그녀와의 사랑에만 푹 빠져 있다.

그들이 연주하는 사랑

이 영화는 풋풋한 사랑을 이야기하고 있다. 과거에서 온 샤오위와 그녀가 사랑하는 상륜이 만들어가는 영화로, 보는 내내 설레고 흐뭇했다. 〈말할 수 없는 비밀〉은 정열적이고 폭발적인 사랑이 아니라 담백하고 소소한 설레임들이 만들어내는 풋풋한 사랑을 다루고 있다. 뒤에서 볼 찌르기, 깜짝 놀래키기, 볼에 뽀뽀하고 달아나기 등 너무나 예쁜 장면들에 미소를 짓게 된다. 서로 몸을 맞대고 연주하는 연탄곡은 절대 빼놓을 수 없는 장면이다. 어느 누가 그 연주를 보고 부러워하지 않을 수 있을까. 그들이 피아노를 연주하며 사랑을 키워나가는 예쁜 모습에 피아노를 배우고 싶다는 생각을 한 사람이 한둘이 아닐 것이다.

나는 한창 사춘기를 겪고 있는 소녀로서 이런 장면들이 마냥 좋고 부럽기만 하다. 피아노라는 공통 관심사로 사랑을 키워나가는 모습은 사랑에 대한 환상을 더욱 부풀게 해주었다. 내 나이 중학교 3학년, 나도 연애라는 것을 해본 적이 있다. 남자친구랑 손도 잡아봤고 데이트도 해봤다. 그 친구와 헤어진 뒤 가끔 왜 그런 애를 만났는지 모르겠다며 짜증을 내곤 하는데, 그래도 항상 친구들에게 이렇게 말한다. 추억은 예뻤다고. 이 아름다운 영화 앞에서 내가 했던 연애가 '사랑'이었다고 하지는 못하겠지만, 그래도 예쁜 추억이 있었고 설렘이 있었다. 그 추억과 설레임을 그리워하며 나도 사랑을 해보고 싶다는 생각을 늘 하고 있다. 사랑스러운 장면들은 나의 공허한 마음을 채움과 동시에 날 더 외롭게 만들었다. 그 모양과 형태가 어떻든 사랑이라는 단어에 연관되어 있는 것들은 마음을 유순하게 만든다.

청소년들의 사랑이라는 아름다운 주제로 만든 한국 영화 중에 〈제니 주노〉가 있다. 〈제니 주노〉는 청소년의 임신에 대하여 고민하고 이야기하는 영화로 얼핏 보면 〈말할 수 없는 비밀〉과 관련 없는 영화라 생각될 수 있는데, 두 영화 모두 청소년의 사랑도 아름다운 것임을 말해준다. 〈말할 수 없는 비밀〉은 사랑을 피아노 선율과 판타지로 이야기 했고, 〈제니 주노〉는 임신과 출산의 과정을 겪으면서 정신적으로 성숙해가는 것을 이야기했다. (〈제니 주노〉가 청소년 임신이라는 소재로 많은 논란과 구설수에 올랐지만 나는 그 영화에 많은 의미가 있다고 생각한다.) 우리가 보는 어른들의 사랑은 신경 써야 할 것이 많아 복잡하다. 보다 더 크고 물질적인 것으로 사랑을 표현하려 하고 받으려 한다. 그러나 학생들은 자칫 유치해 보일 수 있지만 작은 것에서 행복을 찾을 수 있기 때문에 보다 마음을 진실되게 표현할 수 있는 것이 아닐까.

아버지의 사랑

영화를 반복해서 보다 보니 주연에 가려졌던 조연이 눈에 들어왔다. 그는 상륜의 아버지이자 상륜과 샤오위의 학교 음악선생님이다. 음악을 듣지 않는 것을 못된 것이라고 말하는 고지식하고 틀에 박힌 사람이지만 하나밖에 없는 아들 상륜만 보고 달려온 걱정 많은 아버지이다. 요즘 음악을 듣지 않는다며 타박을 일삼기도 하지만 샤오위와의 헤어짐에 슬픈 곡을 연주하는 아들을 위로하기 위해 평소와는 전혀 다른 모습으로 기타를 들고 노래 부르는 장면에서는 꼭 내가 상륜이 된 듯 그에게 고맙기도 했다.

영화를 보면서 아버지 생각도 정말 많이 했다. 우리 아버지와 극중 아버지는 닮은 점이 굉장히 많다. 매우 고지식한 분이라 늘 꽉 막힌 사람이라며 불평불만이 많았는데 영화를 보니 내 기분을 맞춰주려고 일부러 장난을 치셨던 아버지의 행동들이 나를 위한 소중한 것들이었음을 알게 되었다. 주인공 남녀의 사랑 이야기가 주 테마이지만 이 영화에서 주인공 아버지의 역할이 굉장히 중요하다고 생각한다. 그가 과거의 샤오위를 알고 있는 학교 선생님이 아니었더라면 우리는 상륜이 아버지를 홀로 남겨두고 사랑을 찾아 과거로 가는 것을 완전히 이해하지 못했을 수도 있다. 홀로 남는 아버지가 있었기에 상륜과 샤오위의 사랑이 더 애절하고 안타깝게 다가온다.

아버지에 대한 영화 중에 〈빌리 엘리어트〉가 있다. 빌리가 남자답게 자라길 바라는 아버지의 의도와는 달리 복싱 대신 몰래 발레를 배우면서 발레리나가 되는 이야기이다. 처음에는 아들과 심하게 갈등을 겪으면서 반대하던 아버지가 결국은 아들의 꿈을 밀어주기로 결심하면서 가족의 사랑을 되찾는다. 아버지는 단지 사랑하는 아들을 위해 오로지 남성적이고 마초적인 것만을 추구하는 인습과 편견을 버렸다. 이 두 영화에서는 진한 부성애를 느낄 수 있다. 어머니보다는 아버지의 사랑 표현이 조금은 서툴러서 아버지의 사랑을 온전하게 받아들이지 못하기 때문에 우리는 부성애를 모성애와는 또 다른 느낌으로 받아들인다. 서툴고 익숙함의 정도와는 관계 없이 부모님의 사랑은 숭고하다. 그동안 바쁘다는 핑계로 미뤘던 아버지에 대한 생각을 깊이있게 할 수 있는 기회를 준 영화에게 참 고맙다.

영화를 연주하는 음악

실질적으로 이 영화 주인공은 음악이라고 할 수 있겠다. 전체적인 틀과 스토리를 사람이 아닌 음악이 주도하여 이끌어가고 있다. 레코드점에서 상륜이 샤오위에게 자신이 가장 좋아하는 음악이라며 들려준 음악은 은은함이 감도는 영화의 장면과 잘 어울려 영화를 깊이있게 이해할 수 있게 하였다. 샤오위와 상륜이 첫키스를 하는 장면에서의 OST는 설레임을 주었고, 샤오위가 상륜과 다른 여자와의 키스를 목격했을 때는 복잡하고 당황스러운 샤오위의 감정을 격정적으로 표현하여 아슬아슬한 그들의 관계에 흥미로움을 주었다. 이처럼 자칫 평범하게 흘러갈 수 있는 스토리 위에 이 영화만이 표현해낼 수 있는 느낌의 음악으로 영화의 몰입도를 높인다. 그리고 주인공들이 만들어내는 이야기의 소재 또한 음악이다. 샤오위가 미래에 있는 상륜을 만나기 위한 열쇠는 빠르게 연주하는 'secret' 라는 곡이었다. 그 곡의 연주로 상륜과 만날 수 있었고 마지막 결말을 장식하는 곡도 'secret' 이다. 이 음악은 영화의 주제곡으로 스토리의 가장 큰 틀이며 제목답게 주인공의 사랑을 신비롭고 비밀스럽게 한다.

나는 음악에 대해 잘 알지는 못하지만 영화 속 음악이 내게 주는 기쁨과 희열은 말로 표현할 수 없을 정도였다. 영화를 보는 내내 흐르는 음악들이 내 귀를 쉴 틈 없이 즐겁게 했다. 〈말할 수 없는 비밀〉의 손꼽히는 장면 중 피아노 배틀 장면이 있다. 쇼팽의 〈흑건〉을 '백건'으로 바꾸고 심지어 쇼팽의 왈츠를 이어 즉흥으로 새로운 멜로디를 연주한다. 느린 템포에서 점차 빠른 템포로 흐르는 음악은 영화의 분위기를 고조시켜 이 영화의 매력을 극대화한다. 그리고 〈왕벌의 비행〉을 편곡하여 연주하는 장면이 있었는데 다른 것보다 더 흥미로웠던 것이 친구가 이 곡을 연주하는 것을 본 적이 있기 때문이다. 친구 말로는 이 영화에 나오는 곡들이 피아노 연주자들 사이에서 굉장히 인기가 많아 자신 또한 영화의 OST 악보들을 많이 가지고 있다고 했다. 그만큼 〈말할 수 없는 비밀〉의 음악이 음악인들 사이에서 인기가 있고 인정받고 있음을 말해준다. 이 영화에서는 음악이 인간의 이야기 속에서 흐를 때 얼마나 큰 힘을 발휘할 수 있는지 알 수 있다. 사람과 사람을 이어지게 하는 묘한 매력이 있고, 없던 사랑도 창조해내며 많은 이들의 감수성을 자극한다.

시공간을 초월한 사랑

샤오위가 과거에서 왔음을 알아차린 상륜은 새 건물로 지으려 하는 사람들에 의해 무너지고 있는 옛날 피아노 연습실로 달려가 거침없이 'secret'를 연주한다. 옛날 피아노 연습실에서 'secret'를 빠르게 연주해야만 과거로 이동할 수 있기 때문이다. 오직 샤오위를 위해 목숨 걸고 연주하는 상륜의 모습에서 시간조차 거스를 정도로 그들의 사랑이 깊다는 것을 알 수 있다. 피아노 연주로 시간을 뛰어넘는다는 비현실적인 요소를 더함으로써 그들의 사랑을 더 간절하게 만든다.

— 나와 함께 있는 이 순간을 소중하게 생각해.
— 음, 좋아. 가자.
— 어디?
— 너와 있는 이 순간을 소중히 하러.

상륜과 함께하는 한 순간 순간이 중요한 샤오위의 절절한 이 대사는 시공간을 뛰어넘는 그들의 사랑이 깊음을 말해준다. 〈말할 수 없는 비밀〉은 시공간을 초월한 사랑과 음악이 자연스럽게 어우러져 보다 더 가슴속 깊이 그 여운이 남게 된다.

〈시간을 달리는 소녀〉라는 영화는 우연히 타임리프 능력(원하는 때, 시간과 장소를 뛰어넘어 현재와 다른 시간과 장소로 이동하는 능력)을 가지게 된 소녀와 미래에서 온 소년 사이에서 일어나는 사랑과 갈등을 그렸다. 주인공이 시간을 조절할 수 있게 되면서 과거의 일을 바꾸고 시간의 흐름이 깨지면서 겪게 되는 갈등과 사랑이 나온다. 고등학생의 풋풋하고 담백한 사랑이 시간의 이동과 변화를 통해 판타지적 요소로 나타나고 있는 것이다. 사람들이 이런 영화에 열광하는 이유는 현실에서 이루어질 수 없는 절대적인 사랑을 선망하고 있기 때문인 것 같다. 시간을 초월함으로써 사랑의 의미는 더욱 깊어지고 진실해진다. 영화라는 매체를 통해 불가능한 사랑을 시각적인 것으로 받아들임으로써 현실에서 충족할 수는 없는 욕구를 사람들은 대리 만족한다. 그래서 이러한 영화가 나에게도 더 환상적이고 아름답게 다가온 것 같다.

〈말할 수 없는 비밀〉에는 사랑과 음악 그리고 판타지 등 환상적인 요소들이 풍부하기 때문에 설레임을 갈구하는 감수성을 충족시킨다. 치밀한 복선과 거듭되는 반전 등 스토리의 탄탄한 구성은 영화를 보고 또 봐도 전에 발견하지 못한 부분들이 있어 영화를 좀 더 깊이 감상할 수 있게 해준다. 샤오위와 상륜의 데이트 장면에서는 풋풋하고 설레게, 아버지가 상륜을 위로하는 신에서는 감동적이게, 상륜이 샤오위의 정체를 알아버린 장면에서는 아슬아슬하고 불안하게. 꼭 이 영화와 연애하는 기분이 든다. 많은 영화들이 사람들에게 감동을 주고 기쁨을 주며 여운을 남기지만 〈말할 수 없는 비밀〉은 그 자체로 내 가슴속에 영원히 남을 것이다. 나에겐 남자친구가 없어도 설레임을 느낄 수 있는 비밀이 있다. 〈말할 수 없는 비밀〉은 나의 비밀이 되었다.

14장 한계에 대한 연민

주성은

아마데우스

감독 : 밀로스 포먼
주연 : F. 머레이 에이브러햄, 톰 헐스
제작 국가 : 미국(1984)
개봉 : 1985년
장르 : 드라마

정신병원에 찾아온 신부에게 자신의 곡들을 들려주는 살리에리. 하지만 신부는 전혀 알지 못한다. 살리에리의 작품들은 이미 다 잊혀진 것이다. 하지만, 모차르트의 곡을 들려주자 신부는 금방 알아차리고 따라 부르기까지 한다.

"내 작품 중 기억나는 것은 없소?"

"……"

"유럽에선 최고의 작곡가였는데……. 오페라만 40개를 썼소."

"……"

"그럼, 이건 어떻소?"

"네, 그건 알고 있습니다. 아주 매혹적인 곡입니다. 그걸 작곡하신 줄 몰랐습니다."

"내가 아니오."

"……."

"모차르트의 작품이오. 볼프강 아마데우스 모차르트……."

모차르트의 천재성에 대한 영향으로 자신의 재능에 열등감을 느끼며 신을 불신하는 살리에리. 그는 모차르트를 시기하고 질투하여 음모를 꾸며내지만 그럼에도 불구하고 나는 그에게 지독한 연민을 느낄 수밖에 없었다. 결국 남겨진 음악은 살리에리가 아닌 모차르트의 음악이었다. 이것은 살리에리가 결국 모차르트의 재능을 벗어날 수 없다는 것을 말하고 있지 않는가.

천재로 살아가는 자 — 모차르트

영화에서 모차르트의 첫 등장부터 놀라웠다. 이제껏 생각해왔던 그의 모습과는 너무나도 달랐다. 아마데우스는 언제나 익살스런 웃음소리를 내고 다녔다. 이런 웃음소리는 영화 속에 나오는 왕실 사람들을 깜짝 놀라게 했는데 나도 예고 없이 나오는 그의 웃음소리를 듣고 놀라곤 했다. 네 살 때부터 연주를 시작하고 여섯 살에 첫 작품을 작곡한 음악의 신동 모차르트. 그는 궁핍한 생활에도 불구하고 창작의 열정을 불태워 오페라 〈피가로의 결혼〉, 〈돈 조반니〉를 비롯하여 600여

곡을 작곡하였다. 그의 생애는 짧지만 내겐 너무나도 강렬하였다. 이러한 그의 생애는 많은 작가에게 영감을 주어 단편소설, 드라마, 서사시 양식의 동화에 이르기까지 수많은 작품의 소재가 되었다. 누구든지 결국에는 인정할 수밖에 없는 천재적인 재능을 가지고 있었던 모차르트. 그는 음악을 매우 사랑했지만 아버지 레오폴트를 누구보다도 사랑했다. 그는 자신이 사랑하고 존경하던 아버지의 죽음에 큰 충격을 받고 자책감에 시달리며 살아간다. 이는 영화 속 처음에 밝고 명랑했던 모차르트의 곡들이 점점 어두워지면서 느낄 수 있었다. 결국 아버지 레오폴트가 죽고 그의 영혼을 묘사한 오페라의 영상이 나오게 된다. 저승사자처럼 나온 그의 영상과 현기증을 느끼며 지휘하는 모차르트의 모습은 이제 그가 파멸의 길로 치닫게 되었음을 말하였다.

천재적이지만 불행하였던 그를 보면서 정신분열증으로 인해 고통을 받으며 살아간 존 내쉬의 삶을 다룬 〈뷰티풀 마인드〉라는 영화가 떠올랐다. 어린 나이에 150년 넘게 전설로 믿어져 왔던 전통의 학설을 단번에 뒤엎고, 학계의 인정을 받아 MIT 교수로 승승장구하였지만, 불행히도 정신분열로 고통을 받은 젊은 천재 수학자로서의 삶을 살아간 존 내쉬. 오랜 정신분열증을 수학에 대한 열정으로 벗어나려 노력한 존 내쉬처럼 아마데우스는 심리적인 압박과 고통 속에서도 음악에 대한 열정을 포기할 수 없었다.

천재가 이룬 업적을 보며 우리는 은연중에 그들의 인격 또한 훌륭할 것이라고 생각하지만, 존 내쉬나 모차르트를 보면 그런 편견이 깨지기도 한다. 자신이 지휘해야 한다는 것도 잊은 채 여자친구인 콘스탄체와 놀기 바빴던 모차르트는 경박하고 장난기 가득하며 진지함을 찾아볼 수 없는 데다가 오만방자하고 음탕하기 짝이 없었다. 그와 함께 무도회에 간 아버지는 모차르트의 방탕한 생활상에 안타까워한다. 아버지의 죽음에 대한 죄책감 속에 나날이 알코올 중독에 빠져 더욱더 쇠약의 길을 걷지만 끝내 술집으로 또 가게 되는 모차르트를 보니 마음이 편치 않았다.

하지만 나는 모차르트의 천재적인 재능에 또 한 번 감탄하게 되었다. 술집에 다녀온 그에게 시어머니의 꾸중과 호령이 이어지는데 그 와중에서도 그의 뇌리에서는 굉장한 악상이 번뜩인다. 시어머니의 잔소리하는 목소리와 얼굴에 절묘하게 겹쳐져 맑고 웅장하게 울려퍼진 음악. 그 음악이 바로 〈마술피리〉 2막 중 '밤의 여왕 아리아' 였다. 정말 천재 악성이라는 그의 수식어가 대번에 느껴졌다. 그리고 〈마술피리〉가 모차르트의 음악이었던 사실을 모르고 있었던 나의 짧은 지식과 무식함이 부끄러웠다.

모차르트의 음악이 얼마나 매혹적이었던 것이었을까. 사람들은 아마데우스의 음악에는 다른 작곡가와는 분명 다른 섬세함과 부드러움이 깃들여 있다고 말한다. 바흐의 음악처럼 계산적으로 작곡이 되지 않았으며 베토벤처럼 격한 감정의 물결을 일으키지 않는다. 교회 성가처럼 장엄하지도 않고 록 음악처럼 감각적이지도 않다. 모차르트 음악의 힘은 순수함과 단순함에 있다. 그는 불행한 삶을 살면서도 섬

세하고 부드러운 멜로디를 작곡했다. 이 영화를 보고 나는 그의 음악에 심취했다. 음악을 찾아 듣고, 그 음악들에 흠뻑 빠져가며 모차르트의 천재적인 재능에 다시 한번 놀라고 있다. 지금 내가 모차르트의 음악에 푹 빠져있는 것처럼 예전에 『궁에는 개꽃이 산다』라는 책에 열중한 적이 있었다. 나는 해야 하는 다른 일들은 모두 제쳐두고 그 책을 읽어나가기 시작했다. 그 책 속 인물들의 대사와 행동 하나하나가 나를 웃고 울게 만들었다. 그때의 대사 한마디 한마디가 지금은 모차르트의 매혹적인 음악으로 인해 음표들이 되어 내 머릿속을 떠나가질 않았다. 누군가의 시처럼 모차르트의 음악이야말로 '이 세상 떠날 때 마지막으로 타고 가고 싶은 음악'이라고 생각했다.

영화 속에서 당구공을 치며 머릿속에 떠오르는 악상들을 편안하게 악보에 적어 내려가는 아마데우스의 모습이 머릿속에서 지워지지가 않는다. 그에게 음악이란 하나의 놀이이면서도 자신의 삶 그 자체이지 않았을까. 그의 재능은 순간적이며 충동적이다. 그리고 그는 건방지며 방탕하다. 하지만 음악을 하나의 놀이쯤으로 여길 수 있는 모차르트는 정말 천재적이다. 그런 그에게 나는 '나도 살리에리와 같은 감정을 가질 수밖에 없었을 것이다'라고 느낀다.

천재에게 화살을 당기는 자 — 살리에리

"모차르트! 그의 이름을 안 순간부터 내 뇌리에서 벗어난 적이 없소. 그가 황제를 위해 연주할 때 난 유치한 장난이나 하고 있었소. 심지어 교황 앞에서 연주하고 있을 때조차 말이오! 그에 관한 얘기를 들을 때마다 난 질투를 했었소."

"저의 간절한 소망은 신을 찬미하는 것이었습니다. …… 제게 욕망을 갖게 하셨으면 재능도 주셨어야죠……."

눈보라 치는 어두운 겨울 밤, "모차르트!" 하며 울부짖는 한 노인의 목소리가 울려퍼지면서 음악이 들려왔다.

"모차르트, 나를 용서해 주게. 내가 자네를 죽였네."

매우 어둡고 무거운 느낌의 장엄한 분위기 속에서 그 노인이 자해를 하여 붉은 피를 보였을 때 나는 섬뜩하였다. 그 순간에 들려오는 모차르트의 교향곡은 나의 눈과 귀를 집중시키기에 충분하였다. 그 노인의 이름은 살리에리. 그는 피를 흘려가며 의식이 불분명한 상태에서 실려가는 상황에서도 무도회에서 사람들이 춤을 추고 있는 모습에 눈을 떼지 못했다. 왜 그랬을까?

그는 언제나 열심히 연습하고 노력하여 궁중음악가가 되었지만, 그것은 그의 피나는 노력의 결과였다. 실제로 살리에리는 당시 세간의 찬사를 얻었던 음악가라고 한다. 그는 빈 궁정에 초청을 받기도 하였으며 빈에서 작곡가로, 특히 오페라·실내악·종교음악에서 높은 명성을 쌓았다. 하지만 그는 그의 재능에 자부심을 가지고 있지 않았다. 우리는 누구나 살면서 한 번쯤 살리에리가 된다. 아무리 준비하고 공부해도 그 결과는 머리 좋은 누군가가 잠시 노력한 결과와 비슷하거나 심지어 그에 미치지 못할 때도 많다. 처음에는 더 열심히 해야겠다고 다짐하다가도 나중에는 '어차피 해도 이길 수 없다' 라는 생각에 포기하고 싶어진다. 하지만 이런 어리석은 생각을 조금씩 지워가고 있다. 시간이 지날수록 하루하루 모아진 노력이 재능을 이길 수 있는 일들도 많아진다는 사실을 어렴풋이 알아가고 있다. 그렇기에 난 천재는 아니지만 오늘도 내일도 열심히 살아야겠다고 다짐한다.

"주님! 당신은 제게 욕망을 주셨죠. 주님을 위해 모든 것을 바치겠다는 이 욕망! 그런데…… 신의 음악을 알아보는 능력을 주시면서도 그런 음악을 만들지는 못하게 하시다니……."

모차르트만 없었다면 그는 비엔나에서 가장 뛰어난 음악가로 대접받을 수도 있었을 것이다. 하지만 살리에리는 아무리 노력을 해도 천재인 모차르트를 능가할 수 없었다. 살리에리는 2인자라는 열등감과 자괴감을 가지고 살았으며 모차르트에게 시기와 질투를 느꼈고, 모차르트가 하는 일을 사사건건 방해하였다. 이렇게 살리에리가 주위의 뛰어난 천재 때문에 극복할 수 없는 열등감, 시기, 질투를 느끼는 것을 '살리에리 증후군' 이라고 부른다. 나는 이러한 살리에리 증후군을 극복해나가는 한 방송인을 보았는데 그가 바로 개그맨 정형돈이었다. 그는 인기 방송프로그램 〈무한도전〉에서 자신은 "너무 많은 모차르트를 보아왔다" 며 "살리에리 증후군을 느끼지만 자신은 그들의 재능을 받쳐주는 피아노 같은 역할을 하고 싶다"라고 이야기하며 살리에리 증후군을 극복하는 좋은 예를 보여주었다.

지금의 우리는 모차르트의 유명한 세레나데 〈아이네 클라이네 나흐트무지크(Eine Kleine Nachtmusik)〉을 잘 알고 있다. 살아있는 살리에르의 곡은 아무도 모르고, 죽은 모차르트의 곡은 여전히 사랑받고 있다. 신과 역사, 사람들에게도 버려진 살리에리의 비참함이 나에게도 그대로 전해진다. 천재를 알아볼 수 있는 눈을 가졌던 살리에리가 스스로 빛나고만 싶은 욕심에 사로잡혀 인생의 많은 시간을 낭비했을지도 모른다는 생각을 하니, "난 평범한 사람들의 챔피언이요"라고 외치는 살리에리의 마지막 대사가 무척 공허하게 느껴졌다.

세상은 재능으로 뭉친 사람들이 아닌 그냥 보통 사람들로 이루어져있다. 꿈을 향해 노력하는 보통 사람들로. 태어날 때부터 천재가 아닌. 난 보통 사람인 살리에리일 뿐이다. 그러나 꿋꿋이 내 삶을 살 것이다. 내 꿈을 점점 키울 것이다.

"이봐, 나는 당신 같은 모든 평범한 사람들의 대변자요. 그들의 챔피언, 후원자이기도 하지."

난 아직도 살리에리에게 연민을 느낀다.

마법 같은 삶을 찾아서

안예진

안나라수마나라

작가 : 하일권
제작 국가 : 한국(2010)
연재 : 2010.7.2 ~ 2010.12.31
장르 : 웹툰

〈안나라수마나라〉에는 어려운 살림살이 때문에 이전에 가졌던 마술사에 대한 꿈을 잃어버린 윤아이와 아스팔트의 저주에 걸린 나일등, 그리고 마술을 믿으며 빈 유원지에서 살고 있는 수상한 진짜 마술사 ㄹ(리을)이 있다. 세 명이 추구하는 행복의 기준은 다르다. 아이는 현실의 어려움에 쫓겨 자신이 좋아하는 것을 포기한 채 살고 있고, 일등이는 자신이 좋아하는 일보단 편안한 일을 추구한다. 둘과는 달리 ㄹ은 자신의 원하는 것을 하며 살아간다. 둘은 마술사 ㄹ을 만남으로 인해 자신의 꿈을 찾는다. 만화에서는 처음부터 끝까지 "너는 행복하니?"라고 묻고 있는 듯하다.

좋아하는 것은

아이의 집 형편은 좋지 않다. 어머니가 집을 나가고 아버지는 많은 빚을 진 채로 감감무소식인 데다가 어린 동생이 있다. 아이에게는 빨리 어른이 되어 돈을 버는 것만이 급선무이다. 아이의 어릴 적 꿈은 마술사였다. 그러나 현실의 어려움에 아이는 꿈을 잊어버리고 살아왔지만 마술사 ㄹ을 만나게 되며 아이에게도 변화가 일어난다. 빨리 어른이 되어 돈을 버는 것만 생각하는 윤아이가 아니라 어릴 적 마술사의 꿈을 가졌었던 자신을 다시 떠올리며 ㄹ에게 마술을 배운다. 하지만 곧 자신의 어려운 집안형편 때문에 많은 문제에 부딪히게 된다. 그럴 때마다 아이는 ㄹ을 현실에 적응하지 못하고 환상에서 사는 철없고 한심한 사람이라고 생각하고 애써 ㄹ의 말들을 외면하려 노력한다. 그러나 이미 마술사의 말은 아이에게 그저 무시하면 되는 말이 아니다. 현실감각이 떨어지는 말들뿐이지만 그 말들은 자신이 잊고 살았던 어릴 적의 소중한 감정들을 함께 일깨워주기 때문이다. 결국 아이는 ㄹ을 숨쉬기도 힘들었던 비참한 현실에 찾아와서 마술처럼 따뜻하게 자신을 위로해준 하나뿐인 진짜 마술사라고 믿게 된다.

학교에서나 사람들이 나에게 장래희망을 물어보면 한결같이 '수학교사'라고 대답한다. 물론 수학을 워낙 좋아하고 잘하기 때문에 그렇게 대답을 한다. 하지만 솔직히 내가 아이들에게 수학을 잘 가르칠 수 있을 것이란 자신은 없다. 그저 막연하게 수학이 좋기 때문에 수학교사를 해야겠다고 생각한 것이다. 사실 그림 그리는 것을 제일 좋아한다. 그림 그리는 게 마냥 좋고 재미있다. 좀 더 그림을 잘 그리고 배워보고 싶은 마음에 미술학원을 다녀볼까, 라는 생각을 했었지만 미술학원을 다니기에는 지금 다니고 있는 영어학원, 수학학원이 발목을 붙잡았다. 좋아하는 일을 하기보다는 지금 내 눈앞에 닥친 현실이 걱정이 돼서 미술학원은 생각만으로 끝났다. 이제 고등학생이 되는데 열심히 공부를 해야지 그림을 그리고 있어서는 안 될 것 같다는 마음의 부담감 때문이다. 대부분의 사람들이 자신이 원하는 길을 포기하고 좀 더 안정적인 직장, 돈을 더 잘 버는 직장으로 직업을 선택하는 경우가 많다. 대체로 부모님의 의견을 따르거나, 자신이 원하는 것보다 편안한 삶을 위해 선택한다. 하지만 마술사 ㄹ에게 물어본다. 좋아하는 것을 포기한다면 나는 행복할까?

아스팔트의 저주

좋은 집, 좋은 환경에서 자란 일등이는 그런 환경들이 만들어준 아스팔트길을 쉬지 않고 당연하다는 듯이 끊임없이 달리기만 했다. 모든 것이 주어진 아스팔트길, 쭉 뻗어있는 대로 달려간다면 언제나 일등이다. 자신이 가는 그 길이 모두가 부러워하는 길이고 옳은 길인 줄로만 알았다. 그러다 문득 자신은 잘 닦여진 아스팔트길을 달리고 있는 것이 아니라 아무것도 모른 채 끌려가는 것이 아닐까, 내가 가는 길이 맞는 건가 하고 계속해서 생각한다. 마술사 ㄹ을 만나게 되어 자신이 달리고 있는 차가운 아스팔트길보다 마술사가 서 있는 꽃밭이 더 아름답고 의미있는 것 같다고 생각하게 된다. 그때 마술사가 강도로 몰리게 되자 일등이는 마술사의 편을 들어주었으나, 일등이의 부모님은 괜히 이런 일에 관여되지 말고 다시 열심히 아스팔트길을 달리도록 강요한다. 그런 부모님의 말들과 반 아이들의 쏟아지는 질문에 일등이는 마술사가 미친 것이 아니라 세상이 틀에 맞추어지지 않은 마술사를 미친 사람으로 만들었고 몰아갔다는 것을 깨닫고 그것에 분노하며 스스로 아스팔트길에서 내려와 저주를 풀게 된다.

지금 우리는 학생의 본분이 공부이니 무작정 공부를 하고 있다. 그중에 대부분은 진짜 자신이 하고 싶은 일이 무엇인지도 모른 채 공부를 하는 아이들이 많다. 진정으로 자신이 하고 싶은 일을 목표로 정해놓고 그것을 이루기 위해 노력해야 한다고 생각하는데, 우리는 어른들이 말하는 좋은 어른이 되기 위해서 목적지가 어딘지도 모르는 채 끊임없이 공부만 하는 것이다. 그 길의 목적지가 어딘지도 모르는 채로 열심히 달리다 보면 어디로든 갈 수 있는 선택의 폭이 넓어진다는 어른들의 말만 믿고서 말이다. 하지만 과연 어른들이 말하는 좋은 어른, 남들이 모두 좋은 어른이라고 생각하는 어른이 된다면 행복할까 하고 생각한다. 우리들도 일등이처럼 좋은 아스팔트길은 아니더라도 어른들이 가라고 하는 길로 가고 있는 저주에 걸린 것은 아닌가 생각하게 된다.

부담감

과거 '마술사 ㄹ' 민혁이는 일등이와 닮아 있다. 좋은 환경에서 자랐고 중학교 때는 한 번도 전교 일등을 놓쳐본 적이 없는 수재였다. 그러나 주위에서 열심히 하라는 대로만 공부를 하던 민혁이는 고등학생이 되자 성적이 점점 떨어지게 되었다. 성적이 떨어지자 민혁이에게 큰 기대를 걸고 있었던 많은 어른들은 미래를 위해서 정신 차리라고 다그친다. 그러자 남들이 자신에게 거는 기대가 부담이 되었던 민혁이는 그 부담감이 주는 스트레스들을 조절하지 못해 점점 이상해져간다. 사람들은 이상해져가는 민혁이에게 미쳤다고 말을 한다. 그 부담감으로 인해 민혁이는 나중에는 모두가 되어야만 하는 어른이 되는 게 너무 싫고 무서워져서 영원히 아이로 남기로 한다. 영원히 마술을 믿는 존재로서 빈 유원지에 있는 천막에 자리잡아 마술사로 살아가기로 결심한 것이다. 사람들은 민혁이를 영업을 하지 않는 빈 유원지에서 노숙을 하며 동네 꼬마들한테 마술이나 보여주면서 자신이 진짜 마술사라고 주장하는 미친 사람이라고 생각한다.

내가 주위 사람들에게 가끔씩 하는 말이 있다. 어른이 되지 않고 평생 학생으로 살아갔으면 좋겠다고 말한다. 민혁이처럼 어른이 되는 것이 자신이 없고 두렵기도 하다. 어른이 된다는 것은 스스로 무언가를 헤쳐나가야 한다는 어마어마한 책임감이 있어 부담될 것 같고, 아직 자신을 책임질 수 있을 거란 자신이 들지 않아 두렵다는 것이다.

험난한 우리나라의 교육을 이겨내지 못하고 큰 부담감을 느껴 자살을 하거나 사회 부적응자가 되는 사람들이 부지기수이다. 예를 들어 카이스트에서 줄줄이 자살을 했던 경우가 있었는데 모두 학점이 나오지 않거나 등록금 문제 때문이었다. 카이스트에는 일정 학점에 미달할 시 미달한 정도에 따라 수업료를 차등 부과하는 등록금 차등징수 제도를 실시하고 있다. 이 제도는 카이스트에 다니는 학생을 대상으로 설문조사를 실시했을 때 응답자의 70퍼센트가 부정적인 의견을 내놨다. 한국대학교육연구소 김삼호 연구원은 "카이스트는 입학사정관제만 도입해 놓고 실제 관리를 못한 데다, 다양한 출신의 학생을 선발했으면서도 그에 걸맞게 다양한 프로그램을 마련하지 않은 책임이 크다"고 지적했다. 카이스트 외에도 많은 대학교에서도 학점과 등록금 때문에 고민하는 학생들이 많다. 비단 카이스트만의 문제가 아니라 현재 우리나라의 교육현실이라는 것을 알 수 있다.

자신의 삶을 찾아서

1학기 때 읽었던 책 중에 『오프로드 다이어리』라는 책이 있었다. 이 책에선 빔과 앨리스가 주인공이다. 하지만 둘은 결코 평범한 주인공들이 아니다. 앨리스는 외고에 다니는 성적이 우수하고 착한 학생이었지만 외고에서의 첫 번째 시험에 꼴등을 한 후 시선공포증이 생겨자퇴를 했다. 빔은 빔 벤더스 같은 영화감독이 되고 싶어하는 학생으로 학교의 필요성을 느끼지 못해 학교를 가지 않고 집에서 영화만 보는 은둔형 외톨이이다. 그런 둘이 인터넷카페 '세상 속으로'에 비밀 채팅방인 '이상한 나라'에서 영화의 라스트신인 P라는 곳에 대해 이야기를 하게 된다. P에 대해 이야기를 하며 앨리스가 그곳으로 같이 가지 않겠냐는 오프라인 만남을 제안을 한다. 빔은 엄마가 사고 때문에 얻게 된 할리데이비슨이라는 명품 오토바이를 타고 앨리스를 데리러 오프로드 여행을 시작한다. 오프로드는 포장되지 않은 길을 의미한다. 하지만 이 책에서의 오프로드는 단지 그런 뜻만이 아닌 삶의 오프로드에 주를 두었다고 볼 수 있다. 이 특별한 두 주인공이 삶의 오프로드, 즉 자신들만의 방식으로 세상에 나아가는 그 과정을 함께 지켜보는 것이 이 책의 재미이다. 책을 읽으면서 우리도 우리 스스로의 길을 찾아나아가야겠구나 하는 그런 마음이 들었다. 마술사 ㄹ이 세상이 정해 놓은 길을 가다가 실패하고 자신만의 길로 가게 되는 것처럼 오프로드의 두 주인공 모두 마찬가지이다.

16장 아름다운 움직임을 좋아한 아이

이동호

빌리 엘리어트

감독 : 스티븐 달드리
주연 : 제이미 벨, 게이 루이스
제작 국가 : 영국(2000)
개봉 : 2001년
장르 : 드라마, 가족

"빌리야, 너는 춤출 때 무슨 생각이 드니?"

"잘 모르겠어요, 그냥 기분이 좋아요. 조금은 어색하기도 하지만 한번 시작하면 모든 걸 잊게 되고, 그리고…… 사라져 버려요. 사라져 버리는 것 같아요. 내 몸 전체가 변하는 기분이죠. 마치 몸에 불이라도 붙은 느낌이에요. 전 그저……. 한 마리의 나는 새가 되죠. 전기처럼……. 네, 전기처럼."

할아버지의 글러브로 권투를 하게 된 빌리는 권투와는 전혀 맞지 않는다. 빌리는 마치 춤을 추듯이 권투를 해서 항상 지기만 한다. 하지만 빌리는 광부들의 파업으로 권투 교실에서 발레를 배우고 있는 여자

아이들의 모습에 이끌려 발레를 배우게 되었다. 빌리는 아버지에게 발레하는 것을 들킬까 봐 걱정하던 것도 잊어버리고 오직 춤에 몰두하게 된다. 오디션 장면에서 빌리의 답변처럼 모든 걱정이 사라져버리고 마치 한 마리의 새가 된 듯한 자유로움을 느끼는 모습이었다. 그렇지만 이런 빌리를 지지해주어야 하는 아버지와 형은 작은 탄광마을의 광부들이었다. 광부인 형과 아버지는 영국이 IMF와 같이 큰 경제적 위기를 맞았던 때 파업을 하고 있었다. 석탄을 캐는 기업이 신자유주의에 의해 경제적 자유를 얻어 광부들의 복지를 지원하지 않고 임금을 많이 지원해주지 않은 것에서 파업을 일으켰다. 이런 파업을 하는 아버지 밑에서 빌리는 단지 발레에 관심을 가지게 되고 흥미를 느끼며 좋아하게 된 것이다. 이 발레 소년의 이야기는 파업의 사회적 슬픔 속에서 빌리가 발레에 대한 열정을 태우는 모습과 같이 작은 슬픔 속에서 꿈의 희망을 이야기하고 있다.

위기의 모래집

영국의 조그마한 탄광마을에서 광부 일을 하는 아버지의 파업으로 인해 빌리의 집은 경제적 위기로 금방 무너져내릴 작은 모래집 같다. 빌리는 일찍이 어머니가 돌아가셨고, 그로 인해 철없는 어린아이같이 지내기만 할 수는 없었다. 우리 어머니는 중학생 때 아버지를 잃으셨다. 외할아버지가 돌아가시고 어머니는 정신적인 고통을 이겨내서서 지금은 안과 간호사가 되셨다. 우리 어머니도 빌리처럼 일찍이 성숙한 작은 어른이었다. 어머니는 철없는 아이가 될 수는 없었기에 빌리처럼 열정을 가지고 노력해서 새로운 목표와 꿈을 가지고 자신의 꿈을 이룬 멋진 분이다.

영국은 심각한 경제난에 휩싸여 우리나라처럼 IMF에 돈을 빌렸다. 돈을 빌림으로 해서 영국의 과도한 복지정책은 많이 줄어들었다. 그래서 많은 광부들이 파업을 하고 빌리의 가족도 다를 바 없었다. 더 이상 경제에 도움이 되지 않는 사양산업에 종사하는 광부들에게 줄 임금이 없어서 그런 것이다. 이런 빌리 가족의 상황이 우리 가족에게도 있었다. 내가 여섯 살쯤 되던 해에 우리나라에 IMF의 파동이 멎지 않았고 우리 가족은 경제적 어려움으로 이사를 세 번이나 다녔었다. 철없던 어린 시절 그냥 집을 자주 바꾼다는 것이 좋기만 했다. 지금 생각해 보면 어릴 때의 나의 순수함이 아버지에게 큰 힘이 되지 못했지만, 그런 맑은 순수함이 그 시기를 즐겁게 보내게 해준 것은 아닐까. 빌리도 가정환경이 좋지 못했지만 순수하게 발레를 좋아하고 열정을 가지는 아이여서 파업의 파장보다는 발레에 대한 열정과 집중으로 성장해나갈 수 있었던 것 같다.

빌리 같은 열정은 아닐지라도 중학교 2학년 때 공부와 학교생활에 대한 반항심과 방황으로 정신이 헤이해지고 성적도 많이 떨어졌다. 정신을 차렸을 때는 이미 1학기가 지나가 있었고 성적은 꼴이 말이 아닌 상태였다. 나는 사태의 심각성을 깨닫고 불안해하기 시작했다. 그러나 불안하다고 떨어졌던 성적이 오르는 것은 아니라서 마음을 진정시키기 위해 소설책을 잡게 되었다. 당연히 떨어진 성적을 생각하면 공부를 해야 하지만 나는 소설을 읽었다. 집중해서 소설 한 권을 읽고 나면 걱정이란 것이 생각나지 않았다. 공부를 하기 싫을 때, 이른 초저녁에 잠이 자꾸 올 때 나는 집중해서 소설을 읽었다. 그런데 신기하게도 책읽기로 불안감을 떨치고 공부해서인지 성적을 많이 올릴 수 있었다. 열정과 기쁨으로 집중하는 빌리와 심각한 절망 속에서 소설을 읽던 나의 모습이 다른 것도 같지만 무언가에 대한 강한 집중과 열정은 새로운 성장을 가져다주는 것 같다.

나는 스텝을 밟고 싶어요!

빌리는 우연히 마주치게 된 발레와 인연을 맺는다. 나는 발레에 대한 빌리의 열정을 보고 멋있다는 생각을 했다. 권투를 강요하는 남성적이고 보수적인 아버지의 뜻과 달리 자신의 열정을 쏟아부을 수 있는 발레를 하니까 말이다. 빌리가 화장실 안에서 조그만 거울을 선생님 삼아 연습할 때면 처량해 보이기도 했지만 발레에 흥미를 가지고 몰입해서 노력하는 빌리의 모습들은 정말로 멋있다. 빌리는 어떻게든 스텝을 밟고 싶어했다. 보수적인 아버지를 거역해서라도. 빌리는 어떻게든 스텝을 계속 밟으며 자신의 꿈을 키워나갔다.

우리 아버지가 가끔 반주를 걸치시고 기분이 좋을 때 말씀하신다.

내가 원하고 잘할 수 있으면 뭐든 도와주겠다고, 말만 하라고. 아버지니까 뭐든지 배우게 해줄 수 있다고 말씀하시곤 하는데, 나는 이런 말을 보면 부모님 제비뽑기를 할 때 참 잘 뽑은 것 같다. 아버지는 체조를 잘했으며 체조선수를 하고 싶어하셨다. 하지만 할머니와 할아버지는 도와줄 형편이 부족한 데다가 일찍이 아버지가 그 상황을 알고선 포기하신 것 같다. 만약에 아버지가 빌리처럼 집착하고 노력했다면 실력을 인정받고 자랑스러운 체조선수가 되지 않았을까. 나는 이 영화를 보며 아버지에 대한 연민을 느꼈다. 아버지는 어쩌면 빌리처럼 체조를 하며 자신이 사라지는 경험을 해보시지 않았을까?

빌리처럼 열정을 가지고 노력해서 성공한 사람 중에 유엔사무총장인 반기문이 있다. 반기문은 조그만 시골마을에서 태어났는데 고등학교 때 스피치경시대회에서 수상을 하고 미국의 케네디 대통령을 만난 후로 외교관의 꿈을 키워나가게 된다. 결국 열정 담긴 노력으로 외교부에 들어가게 되고 외교부의 유엔과장이 된다. 그리고 유엔사무총장직이 아시아로 넘어오게 될 때 인도의 샤시 타루르와 경쟁을 하게 되는데, 결국 그는 많은 예비 투표를 거쳐 당선된다. 그런 노력으로 제8대 유엔사무총장직의 자리를 얻게 된다. 그리고 다시 제9대 사무총장에 재임하게 된다. 뉴스로 보는 반기문의 얼굴이었지만 한국인으로서 너무나도 자랑스러웠다. 어리고 서툴기만 했던 빌리가 마지막 장면에서 뛰어난 발레리노가 되어 비상하는 모습은 유엔사무총장이 된 반기문의 모습과 비슷하다는 생각을 하게 되었다. 자신의 꿈과 열정으로 빌리처럼 계속 스텝을 밟아간다면 나도 언젠가는 빛나는 모습으로 그 자리에 서 있을지도 모르겠다.

유턴

빌리는 아버지의 보수적이고 딱딱한 마음을 돌리는 데 성공한다. 빌리와 친구 마이클이 연습실에서 발레를 하고 있을 때 아버지가 문을 연 것이었다. 그때 빌리는 용기를 내어 아버지 앞에서 춤을 추게 된다. 빌리의 열정과 노력이 담긴 춤을 보고 아버지는 빌리의 발레에 대한 열정을 보게 된다. 빌리에게 발레를 가르치려면 돈이 있어야 하는데, 파업 중인 아버지는 돈을 모을 방법이 직장에 복귀하는 것뿐이었다. 탄광에 복귀를 한다면 함께 파업을 하던 동지들을 배신하게 된다. 결국 빌리의 아버지는 탄광으로 복귀한다. 그 모습을 본 빌리의 형은 아버지를 껴안으며 말리며 어린아이라고만 생각했던 빌리를 아버지와 함께 다시 바라보게 되며 든든한 조력자가 된다. 아버지가 전에는 빌리에게 발레를 강압적으로 포기하라고만 했지만 이번만은 자신의 아들인 빌리를 가르치려고 눈물겹게 돈을 모으려 다니게 된다. 마치 자식이 태어날 때부터 돌보며 자식들이 한창 클 때에는 자신의 몸을 내주고 자식들의 영양분을 채워주는 가시고기처럼 어린 가시고기인 빌리를 자신을 희생하며 지지해주게 된다.

나도 가끔 아버지와 사소한 충돌이 있다. 대부분 아버지의 승으로 끝이 난다. 아버지와 가까워지고 싶어서 나름 말도 많이 걸었고 일부로 농담도 한다. 내가 농담을 하면 아버지는 웃을 뿐 그냥 또 텔레비전을 묵묵히 같이 볼 뿐이다. 가족 간의 대화는 중요한데 왠지 아버지에게 말을 걸고 이야기를 주고받는다는 것이 참 힘든 것 같다. 할아버지께 들어보니 아버지를 엄하게 가르치셨다고 한다. 아버지는 나와 대화를 하기 싫어서라기보다는 대화하는 방법을 모르시는 것 같다. 중학교 3학년이 되면서 남자로서 아버지를 이해하게 되는 부분이 있는데 대화를 통해 서로 이해하는 부자 사이를 만들고 싶다. 빌리의 아버지가 마음을 열고 빌리와 진지한 대화를 나눴던 것처럼 아버지에게 내가 먼저 마음을 열고 다가가 대화할 시점을 찾아야겠다.

청소년 시기는 호기심 많고 미래를 향한 꿈을 찾는 시기라고 한다. 그러나 나는 꿈을 찾기보다는 후회를 많이 할 때가 많다. 악기를 한 개쯤 연주하고 싶은데 할 줄 아는 것이 리코더뿐일 때 미리 악기를 몇 가지 배워 놓으면 좋았을 거라는 후회, 공부를 조금만 더 했으면 성적이 좋았을 거라는 후회 등 수많은 후회를 한다. 후회를 한다고 새롭게 다가오는 일을 더 잘하는 것은 아니다. 오히려 후회를 긍정적으로 생각해 용기 있게 시도해보고 '아, 그래. 그땐 그렇게 하고 실수했으니까 이번에는 이렇게 해야지' 라고 생각한다면, 새로운 일을 할 때 실패를 두려워하지 않고 용기 있게 뛰어들어 열심히 할 수 있을 것 같다. 나도 빌리처럼 자신이 재미있고 집착할 만한 것을 발견하게 된다면 꼭 그것을 놓치지 말고 한번 시도해 보고 싶다. 그것을 성공하지 못해도 열심히 하는 순간은 행복을 느낄 수 있을 것이다.

17장 # 어둠은 성취, 그리고 지식

채유빈

블랙
감독 : 산제이 릴라 반살리
주연 : 라니 무케르지, 아미타브 밧찬
제작 국가 : 인도(2005)
개봉 : 2009년
장르 : 드라마

"저 아이에게 가르쳐주지 않았던 단 한 단어는 '불가능' 입니다."
이 말은 무슨 의미일까? 정말 불가능이라는 단어를 끝까지 배우지 못
했을까? 영화 속 미셸은 보이지도 들리지도 않는다. 이미 미셸의 삶
자체가 불가능이었다. 그렇기 때문에 사하이 선생님은 미셸에게 불가
능을 가르치지 않았다. 삶 자체가 불가능인 아이에게 불가능을 가르
쳐줘봤자 아무 소용이 없기 때문이다.

이 말을 듣고서 나는 깊은 반성을 했다. 항상 시작할 때마다 '난 안
될 거야' 라는 생각으로 일을 시작한다. 시작도 하지 않은 일에 대해
포기부터 한다는 건 이미 불가능이라는 단어의 뜻을 알고 시작했다는

것이다. 미셸 같은 사람도 포기 하지 않고 자신이 하고 싶은 일을 해냈다. 나도 아직 미래에 대해서는 미셸과 같이 깜깜한 어둠이다. 이 어둠을 미셸같이 성취와 지식으로 바꾸고 싶다.

다 똑같은 사람

미셸은 두 살 때 고열로 시달리다가 결국 듣지도 보지도 못하게 되었다. 미셸은 집안에서 골칫덩어리였다. 동생 요람을 뒤집어 동생을 떨어뜨려버리고, 촛불을 엎어 집에 불을 내는 등 많은 사고를 냈다. 미셸의 아버지는 미셸의 모습을 보고 정신지체요양원에 보내고자 했지만 어머니는 보내고 싶어하지 않았고, 특수학교에 있는 교사를 부르자고 했다. 그렇게 온 교사가 바로 사하이다. 사하이 선생님이 처음 와서 미셸의 몸에 방울이 달려 있는 것을 본다. 그 용도가 미셸이 어디 있는지 알기 위한 것이라는 것을 알고, 미셸을 짐승 취급하지 말라며 미셸의 아버지에게 따지게 된다.

영화 속에서 대학교 총장은 보이지도 들리지도 않는 미셸이 대학에 들어가기 어렵다고 말했다. 하지만 당당히 미셸은 대학에 들어가 졸업까지 했다. 장애인에 대한 편견과 인권침해는 장애인 자신보다 주변 사람들이 불가능이라는 선입관을 가지고 있기 때문에 쉽게 고쳐지지 않는 것 같다. 나도 장애인에 대한 편견이 있다. 장애인을 보면 '도와주고 싶다' 라는 생각은 들지만 항상 그 뒤에는 '지저분하면 어떡하지?' 라는 생각이 따라온다. 또 장애인이 무슨 일을 할 때 '저 사람이 할 수 있을까?' 부터 시작해서 오만 가지 생각이 다 든다. 그리고 이런 생각이 물론 장애인들에게 크나큰 상처가 될 수 있다는 걸 알지만 쉽게 고쳐지지 않는다.

한 음식점에서 장애인 두 명과 비장애인 한 명이 방문했는데 연달아 세 곳의 음식점에서 출입을 거부당했다. 자리가 없다는 이유였지만 실제로는 자리가 있었다고 한다. 또 사회를 고발하는 프로그램 중 가장 많이 나온 내용이 장애인들의 노동 착취였는데, 일은 많이 시키면서 그에 대한 수당은 거의 주지 않았다. 사람들이 장애인들의 노동을 착취하고 그에 대한 수당을 별로 주지 않는 것은 편견뿐만 아니라 사람을 무시하는 행동인 것 같다. 우리 할머니는 공장에서 일을 하시다 그만 손가락이 잘려나가셨다. 나는 그런 할머니가 창피한 적이 많았다. 물건을 집을 때도 손가락이 불편해 보였기 때문이다. 그런데 부끄럽게 생각했던 나와는 달리 할머니가 일하는 곳에선 아무런 거리낌 없이 할머니를 받아주었다. 장애인에 대한 편견은 장애인을 바라보는 비장애인의 시선이 따뜻하게 변해야 바뀔 수 있는 것 같다.

또 다른 가족

우리집 옆에는 시각장애인인 할아버지가 계셨다. 할아버지는 미셸처럼 검은 선글라스를 쓰시고 항상 막대기를 들고 다니셨다. 또 옆집에 놀러 가면 항상 화장실에는 알 수 없는 냄새와 바닥에 항상 무언가가 묻어 있었다. 나중에 돼서야 그게 할아버지의 배설물이었다는 것을 알았다. 또 할아버지는 연세가 많이 되셔서 귀도 어두웠다. 그래서 항상 밤에 자려고 누우면 옆집 할아버지의 텔레비전 소리가 내 방까지 들렸다. 어느 날 집에 가는 길에 옆집 할아버지께서 큰길가에 넘어져 계셨다. 앞이 보이지 않으시던 할아버지는 혼자 일어나기에는 너무나 버거워 보였다. 도와드리기 위해 가까이 갔더니 처음 보는 사람들도 할아버지를 도와주기 위해 오고 있었다. 그리고 나는 그 사람들과 함께 할아버지를 옆집까지 모셔다 드렸다. 길가에 차가 지나가다가 생명이 위험해질 상황이 벌어질 수도 있었는데 할아버지를 직접 도와드리고 집까지 모셔다 드리면서 나는 왠지 모를 뿌듯함을 느꼈다. 사하이 선생이 미셸을 가르칠 때도 이런 마음이 들었을까?

먼저 사하이는 미셸에게 다른 사람과 같이 의자에 앉아서 밥을 먹게 했다. 그리고 듣지도 보이지도 않지만 단어를 말하게 한다. 사하이는 미셸의 곁에서 미셸의 모든 것을 혼신의 힘으로 가르친다. 사람이 다른 사람을 가르친다는 것은 쉬운 일이 아니다. 특히나 아무도 이해해주지 않는 상황에서 자신의 모든 것을 걸고 하는 사하이 선생의 교육은 더욱 힘들 것이다. 미셸의 아버지가 사하이 선생님을 인정해주지 않아 집에 쫓겨날 뻔했으며 몰래 숨어들어 미셸을 도와주다 미셸의 아버지가 오자마자 바로 돌아가거나 하며 어린 미셸을 도왔다. 미셸이 대학에 가서도 자신에게 계속해서 도움을 구하자 자신의 병 때문에 도움을 주고 싶어도 도와주지 못한다는 것에 대해 많이 힘들어했다. 그런데도 불구하고 사하이는 미셸을 가르치는 것에 대해 굉장한 보람을 느꼈다. 나라면 나 자신이 너무 힘들어서 끝까지 미셸을 가르쳐주지 못할 것이다. 어쩌면 사하이에게 있어 미셸을 교육하는 것은 보람을 넘어 자신의 삶 그 자체였을지도 모른다. 미셸은 사하이의 또 다른 분신이 아니었을까.

어느 날부턴가 사하이는 자신이 이상하다는 것을 느꼈다. 대학 총장실에서 대학 총장과 대화하다 어느 순간 자신이 어디로 나가야 하는지 길을 잃어버렸고 자신의 이름도 까먹게 되었다. 또 미셸과 같이 아이스크림을 사러 가서는 누구랑 같이 왔는지 잊어버려 혼자 집으로 왔다. 그리고 사하이는 자신의 몸이 더욱 더 나빠진다는 것을 알고 자신을 미셸의 곁에서 조금씩 떼어 놓았다. 그 후 몇 년이 지난 다음 미셸은 사하이를 찾았지만 사하이는 전혀 기억하지 못했다. 미셸에게 사하이 선생은 친구이자 또 다른 가족이었다. 그런데 소중한 사하이가 자신을 기억하지 못한다는 것을 알고 미셸은 절망한다. 하지만 미셸은 사하이 선생님에게 배우지 않은 것이 있었다. 그것은 '불가능' 이라는 단어가 아니었던가. 미셸은 사하이 선생이 자신에게 한 것처럼 곁에서 선생의 기억을 되살리기 위해 많은 노력을 하며 곁에서 지켜주게 된다. 미셸에게도 사하이 선생은 자기 자신이었던 것 같다.

나는 나야

미셸은 졸업식 때 학생들 앞에서 자신의 이야기를 한다. 미셸은 어린 시절 할 수 있는 것이 거의 없었다. 항상 누군가의 뒤를 따라다녔고 부모님은 미셸을 부끄러워했다. 또 그녀는 어릴 때 무언가를 찾으려고 했다. 하지만 손에 잡히는 건 어둠뿐이었다. 손에 잡히는 게 어둠뿐이니 더욱 미셸은 무언가를 잡으려고 했을 것이다. 그리고 어느 날 사하이를 만나 미셸은 변하기 시작했다. 미셸은 어린 시절 목이 항상 기울어져 있었고 눈에는 초점이 맞지 않았다. 그리고 사하이를 만난 후 미셸의 목은 꼿꼿이 세워지고 눈도 초점이 맞게 되었다. 미셸은 강단에서 "제겐 모든 게 검습니다. 하지만 선생님은 검은색의 새로운 의미를 알려주셨습니다. 그건 성취의 색입니다. 지식의 색입니다. 졸업가운의 색이기도 하지요. 선생님은 매년 졸업식이 있을 때마다 제 손에 써주셨습니다. 네가 저 곳에 서 있는 것을 보고 싶다고"라고 말한다.

어릴 적 나의 모습을 생각해보면 항상 두려움에 떨고 있었다. 그때는 내가 왜 그렇게 두려움을 떨었는지는 나도 잘 이해가 되지 않는다. 그런데 지금 다시 생각해보면 그땐 다른 사람 자체를 만나는 게 무서웠던 것 같다. 항상 엄마 뒤만 졸졸 따라다녀서 엄마는 매일 나에게 자신감을 가지라고 말했지만 그게 마음대로 되지 않았다. 그런데 초등학교 2학년이 되면서 담임선생님이 나에게 힘을 주셨다. 수업시간이 되면 덜덜 떨었던 나에게 발표할 수 있게 해주고 친구들에게 말을 걸 수 있는 자신감을 줬다. 자신감이 생기면서 움츠렸던 어깨도 당당하게 펴고 다니게 되었다. 마치 미셸의 목과 눈이 바로 펴진 것처럼 말이다. 선생님은 나에게 좋은 이야기를 많이 해주셨다. 2학년이 끝난 후 나는 다른 학교로 전학을 갔는데 그때 선생님은 나에게 좋은 이야기를 편지로 전해주셨다. 마치 미셸의 곁에 있는 사하이 선생님처럼 말이다. 내가 지금 이렇게 친구들과 잘 지낼 수 있는 것은 선생님들 덕분이다. 난 항상 혼자 있는 시간이 많았다. 그럴 때마다 선생님은 간섭처럼 보이긴 했지만 친구들과 어울릴 수 있게 도와주셨고 꼭 부모님같이 나를 도와주셨다. 나는 미셸처럼 선생님의 도움을 많이 받았다. 미셸이 사하이 선생님의 도움을 받아 스스로 할 수 있는 것이 많아진 것처럼 나도 선생님들의 도움이 없었더라면 지금처럼 많은 사람들 앞에 못 나갈 것이다.

〈블랙〉이라는 영화를 보면서 계속 떠오른 사람이 있었다. 바로 헬렌 켈러와 설리번 선생이었다. 보이지도 들리지도 않는 미셸과 헬렌 켈러, 또 그를 도와주는 사연 많은 사하이와 설리번 선생. 상처는 상처를 가진 사람만이 그 상처를 풀어줄 수 있다고 했던가. 설리번 선생은 알코올 중독인 아버지에게 갖은 학대를 당하고 어머니가 돌아가시자 동생과 함께 병원에 맡겨졌다. 설리번 선생은 다섯 살 때 트라코마에 감염되어 재수술을 받았어도 다시 시력은 회복되지 않았다. 그리고 그 후 학교를 졸업한 뒤 헬렌 켈러의 교사로 위촉되어 헬렌 켈러에게 영어를 가르치고 대학에 입학시켰다. 사하이 선생님도 상처가 있다. 사하이 선생님은 눈이 보이지 않았는데 수술을 해서 앞을 보게 되었으며 그래서 미셸의 앞이 보이지 않는 그 상처를 너무나 잘 안다. 설리번 선생님이 헬렌 켈러의 상처를 이해했기 때문에 그 상처를 보듬어준 것처럼 사하이 또한 그랬다. 설리번과 사하이 선생이 자신의 분신처럼 모든 것을 내어줄 수 있었던 것이 자신들의 상처로 인한 것이었다면 우리가 겪는 많은 아픔들은 우리에게 내려지는 축복은 아닐까 생각해 보게 된다. 서로의 상처로 연결된 아름다운 사람들의 아름다운 이야기가 지금 내 가슴을 울린다.

희망으로의 탈출

황샤론

쇼생크 탈출

감독 : 프랭크 다라본트
주연 : 팀 로빈스, 모건 프리먼
제작 국가 : 미국(1994)
개봉 : 1995년
장르 : 드라마

꿈, 희망……

꿈을 갖고 살든가, 희망 없이 죽든가.

희망의 긴 여행을 떠날 수 있는 자유로운 사람.

무사히 국경을 넘길 희망한다.

그를 만나 포옹할 수 있기를 희망한다.

태평양이 꿈속처럼 푸르기를 희망한다.

나는 희망한다.

나는 희망한다.

— 레드의 마지막 대사

이름이 뭐가 중요해? 죽었는데

앤디가 교도소에 입소하던 날 같이 입소했던 한 남자가 있었다. 처음부터 그의 이름은 거론되지 않았고 모두들 자기가 부르고 싶은 대로 뚱보 아니면 욕으로 불렀다. 그렇게 첫날 밤 신참들 중 누가 먼저 우는지 내기가 시작되었고 그 뚱보가 가장 먼저 울음을 터뜨렸다. 한번 터진 울음은 쉽게 그쳐지지 않았고 결국 교도관이 와서도 그는 울음을 멈추지 못했다. 교도관은 조용히 하라는 말을 듣지 않자 문을 열고 그를 잡아끌어 때리기 시작했다. 처음엔 다른 죄수들에 의해 시끄러웠던 교도소가 폭행이 계속되자 숨죽인 듯 조용해졌고 울부짖던 뚱보의 목소리도 어느샌가 들리지 않았다. 정신을 잃고 쓰러졌을 때야 폭행을 멈추었고 교도관은 죄수들에게 욕을 한 후 자리를 뜬다. 그리고 다음날 모두가 밥을 먹고 있을 때 의무과에 근무하는 죄수가 뚱보가 죽었다는 사실을 말해준다. 순간 모두가 침통한 표정으로 수저를 들지 못할 때 앤디가 조용히 물었다.

"그의 이름이 무엇이죠?"

그러자 그와 같은 줄에서 밥을 먹던 죄수가 앤디에게 말했다.

"이름이 뭐가 중요해? 죽었는데."

이름이 뭐가 중요하나……. 죽었는데 이름을 왜 묻냐는 걸까. 사실 뚱보가 죽었다는 것에도 충격을 받았지만, 죽었는데 이름이 뭐가 중요하냐고 투명스럽게 말한 저 한마디에 상당한 충격을 받았다. '호사유피 인사유명' 이라고 호랑이는 죽어서 가죽을 남기고 사람은 이름을 남긴다는 말도 있는데 말이다. 감옥 안에서는 사람이 하나의 인격체로 여겨지는 것이 아니라 그저 죄수번호로 인식되어지는 걸 보여주는 것 같다.

나도 사실 예외는 아닌데 집 근처에 교도소가 있는데 교도소옆길을 지나갈 때 가끔씩 야외활동을 하는 죄수들을 볼 수 있다. 평상시에는 아무렇지도 않게 지나다니지만 죄수들이 보이면 괜히 눈 마주칠까 무섭고 혹시나 나를 보지는 않을까 하는 걱정에 다른 길로 가기도 한다. 일반 사람들은 죄수들을 죄를 지어 격리되어 있으며 피하고 싶은 존재라고만 인식하여 인권에 대한 생각을 하지 않는데 영화에서처럼 죄수라고 해서 폭행당하거나 죽인다면 오히려 죄수들은 인간에 대한 환멸로 인해 사회에 나왔을 때 바르게 살기보다는 또 다른 범죄를 일으킬지도 모른다.

다행히 요즘은 경제발전과 인권의식 향상으로 교도소도 많이 변화하고 있다. 경북북부제교도소에 근무 중인 한 교도관이 "교도소도 사람 사는 곳일 뿐입니다"라고 말하듯 그들의 인격을 존중해주고 있다고 하고, 법무부는 '인권침해사건 조사·처리 및 구금·보호시설의 실태조사에 관한 규칙'을 시행해 교도소 내에서 벌어지는 인권 침해에 대한 조사를 강화하여 수용자의 인권 환경을 실질적으로 개선한다고 한다. 하지만 아직까지도 차단시설 없이 수용자의 속옷을 벗기고, 또 허리디스크를 앓고 있는 죄수에게 치료할 기회조차 주지 않는 등 교도소 내의 인권 침해가 사라지지는 않고 있다.

길들여진다

'처음엔 싫지만 차츰 길들여지지. 세월이 지나면 벗어날 수 없어.'

50년 동안 교도소 생활을 한 브룩스는 출소를 앞두고 교도소를 나가지 않겠다고 칼로 다른 죄수를 위협한다.

"목을 베어버릴 거야. 이 길밖에 없어. 난 여기 있고 싶어."

원치 않았던 기나긴 익숙함, 길들여짐의 비극 속에서 살았던 그는 자유가 두려웠던 것일까. 결국 사회에 나와 식료품점에서 일을 하지만 스스로 적응하지 못하고 결국 목을 매달아 자살한다. 'BROOKS WAS HERE' 라고 새겨놓으며.

길들여진다는 것, 영화 속 얘기만은 아닌가보다. 어떤 기자가 교도소에서 머물며 쓴 취재기사를 보았다. 25년째 복역 중인 모범수 A씨는 교도소 생활이 사회 생활보다 더 편하고 나가봐야 나을 것도 없다고 말했다. 그리고 5년째 복역 중인 20대 모범수 B씨에게는 출소하면 다시는 교도소에 들어오지 않을 자신이 있냐고 물으니 "글쎄, 잘 모르겠어요. 지난번 출소할 때는 자신이 있었는데" 라고 했다. 그도 브룩스처럼 사회가 교도소보다 더 불편하지 않을까 불안해 하고 사회 생활에 대한 기대감을 자신의 처지에 대한 체념으로 덮어가고 있는 것 같다. 레드 또한 마찬가지다. 희망이 중요하다고 말하는 앤디에게 그것은 이성을 잃게 하는 위험한 것이라 하며 교도소에서는 쓸모없는 것이라고 한다. 또 20년, 30년까지는 가출옥 승인을 받기 위해 자신이 교화되었다고 주장하지만 40년째 되던 해에는 교화는 다 헛소리라며 자신의 죄를 매일 후회하지만 출소하는 것에는 상관하지 않는다고 말한다.

"나도 이제 길들여졌어, 브룩스처럼. 난 사회에서 아무것도 할 수 없어. 언제든지 두려워하지 않아도 되는 곳으로 돌아가고 싶어."

이 영화를 처음 보았을 때는 이들이 그저 불쌍하다고만 생각했다. 하지만 나 자신을 돌아보니 내게도 레드나 브룩스같이 길들여진 것이 하나 있었다. 나는 부모님에 의해 태어나기 전부터 교회에 다녔다. 너무나 당연한 듯이 교회에 나가다 보니 하나님에 대한 나의 믿음에 확신이 서지 않는다. 내가 신앙이 있는 것인지 없는 것인지도 구분할 수 없는 상황이 되어버렸다. 한 곳에 길들여져 목적지도 없이 흘러가고 있다. 지금 내가 교회를 다니지 않는다는 것은 생각만으로도 너무 두려운 일이지만 어쩌면 새로운 것을 얻을 수도 있는데 이렇게 주저하고 있는 것은 아닐까, 라는 생각도 하게 된다. 앤디처럼 희망이 있어 길들여지지 않은 것처럼 나도 새로운 것을 찾아 나아가도 될까? 깊이 생각해볼 문제이다.

앤디의 희망, 지후아테네오

"희망은 좋은 거죠. 어쩌면 가장 좋은 것이죠. 그리고 좋은 것은 절대 사라지지 않아요."

앤디는 하루하루 교도소에 길들여진 다른 죄수들과는 달랐다. 그는 항상 희망을 말했고 또 희망을 보여주었다. 간부들이 잠시 자리를 비운 사이 회색 공간에서 삶을 잃어버린 죄수들에게 모차르트 음악을 들려주어 누구도 감히 꿈꾸지 못했던 자유를 느끼게 해주었다. 또 쥐로 들끓던 오래 방치된 개인 서재 같았던 곳을 공부도 할 수 있고 음악도 들을 수 있는(교도소 도서관이라고 믿을 수 없는) 최고의 도서관으로 탈바꿈시켰다. 아름다운 음악을 듣고, 검정고시시험을 준비하는 등 '희망'을 위험한 존재로 여기던 죄수들을 조금씩 희망의 볕으로 나아갈 수 있게 도와준 것이다.

그리고 교도소에 들어와서 처음 레드에게 말을 걸면서 얻은 돌망치. 너무 조그마해서 혹시나 굴을 파서 도망칠 거냐고 물었던 레드가 200년은 걸리겠다며 아무 의심 없이 구해주었던 그 돌망치는 영화가 전개되는 내내 크게 중요하게 보이지 않았다. 하지만 앤디는 처음부터 교도소를 나갈 수 있다는 희망을 가지고 있었고 200년은 걸리겠다고 생각되던 일을 그 돌망치로 19년 만에 이루어냈다. 그리고 레드에게 가고 싶다고 했던, 추억이 없는 곳인 지후아테네오로 간다. 소장의 더러운 비리들을 다 밝혀내면서까지.

사실 억울하게 누명을 쓰고 감옥에 들어간 것부터 나는 이미 절망에 빠져 희망이고 뭐고 인생을 포기해버리고 싶었을 것 같다. 나는 친구와의 사소한 오해로 싸워도 정말 죽고 싶을 때가 있었는데 평생을 감옥에서 살게 된 앤디는 그 상황에서 탈옥할 계획을 세웠다니 정말 대단하다. 희망을 버리지 않을 때 인간이 얼마나 자신의 삶을 아름답게 변화시킬 수 있는지를 멋있게 보여주는 것 같다.

이런 것을 보면 나는 정말 너무 극단적으로 생각하고 살아온 것 같다. 사실 나는 작년까지만 해도 '황샤론' 하면 공부도 잘하고 또 열심히 하고, 선생님들한테도 예의 바르게 잘하는 그런 착한 이미지였다. 중학교 2년 내내 실장이었기도 하고. 그런데 어느 순간부터, 아니 3학년이 되고 실장선거에 나가 떨어져 부실장이 되었을 때 실장을 하다 부실장이 되니 뭔가 괜히 부끄럽기도 하고 선생님들도 나를 크게 주목해주지 않았다. 그때부터 나 스스로도 나에 대해서 긴장감이랄까 기대랄까 그런 책임감이 줄어들었고 '이때 아니면 언제 이렇게 살아보겠어' 하는 이상한 심리로 공부도 안 하고 선생님들한테 말대꾸 하고 수행평가도 이백점 만점에 백점이나 맞는 막장인생을 살았다. 얼마 전 교무실에 가서 선생님께 부탁드릴 일이 있었다. 선생님이 "네 평소 하는 행동 보면 안 해주고 싶은데"라고 하셨고, 그러자 작년에 나를 아셨던 선생님이 "아이고, 황샤론 주가가 언제 저렇게 떨어졌노" 하시며 정신 좀 차리라고 하실 정도이다. 엄마와 조그만 말다툼에도 '내가 뭘 그리 잘못했다고 이런 말까지 들어가며 살아야 하나? 이렇게 살 거면 진짜 죽는 게 낫지. 누가 태어나고 싶어서 태어났냐고. 그냥 뛰어내리자' 이렇게 생각하며 창문 위에 올라간 적이 사실 꽤 된다. 괜한 핀잔에, 괜한 열등감에 이렇게 살 거 일찍 죽는 게 낫지 하면서 말이다.

앤디는 억울하게 누명을 쓰고 평생을 교도소에서 살아야 되는 상황에서도 희망을 놓지 않고 19년 동안 자유를 위해 열심히 살았는데 앤디에 비하면 별로 불평할 것도 없는 상황에서 이러는 내 모습이 정말 부끄럽다. 왜 스스로 희망을 놓쳐버렸을까. 하지만 앤디도 흔들렸던 적이 있다. 토미가 죽고 두 달간 독방에 갇혀 있을 때는 소장에게 지쳤다며 돈세탁하는 일도 그만두고 싶다고 얘기했다. 나도 지금 살짝 흔들렸던 거라고 생각하고 싶다. 이미 지나간 세월에 후회하고 비참해만 하는 것보다는 지금부터라도 다시 희망을 갖고 앞으로의 삶에 더욱 노력하면 앤디처럼 꿈꾸던 곳에 이를 수 있지 않을까.

새장 안에 갇혀서는 살 수 없는 새가 있다.
그러기엔 그 깃털은 너무나 찬란하다.
새들이 비상하는 그 기쁨을 빼앗는 것은 죄악이다.

하지만 난 우리가 갇힌 곳에서 그가 떠났기 때문에 허전하다.
내 친구가 그립다.

— 레드

밝은 거짓과 어두운 진실

서재홍

매트릭스
감독 : 앤디 위쇼스키, 래리 위쇼스키
주연 : 키아누 리브스, 로렌스 피쉬번 외
제작 국가 : 미국(1999)
개봉 : 1999년
장르 : SF, 액션

21세기 어딘가, 인간은 기계에게 지배당해왔고 기계들은 인간을 지배하기 위해 보고 듣고 만지고 냄새를 맡는 가짜 현실을 만들어 인간들을 사육한다. 기술은 진짜보다 더 진짜 같은 세계를 만들어냈다. 맛있는 음식, 푹신한 침대⋯⋯. 그 어떠한 것도 '진짜 진실'에는 없었다. 인간의 편리를 위하여 존재하던 기계가 결국 인간을 기계를 위하여 사용하는 모순적인 일이 벌어진다.

불편한 진실

내가 나비의 꿈을 꾼 것인가? 나비가 내 꿈을 꾼 것인가? ― 장자

　가끔은 현실이 가짜였으면 좋겠다고 생각할 때가 있다. 시험을 망쳤을 때, 엄마 몰래 돈을 써서 혼날 때 가끔 지금이 '아……, 꿈이었으면 좋겠다' 라고 생각할 때가 있다. 하지만 진짜로 그렇게 된다면? 방금까지 한 일이 한순간 꿈이 되어버리면? 혼나지 않아서 좋다고 할 사람도 있겠지만 모든 일이 가짜가 된다면 그 또한 내가 지금까지 쌓은 경험과 감정이 진실이 아니라는 절망감도 클 것이다.

　영화에서 네오는 그저 평범한 프로그래머였지만 어느 날 컴퓨터에서 메시지가 온다. 잠을 자던 네오는 놀라서 일어나지만 곧 귀찮은지 별로 생각을 하지 않는다. 그 뒤로 네오는 모피어스의 지시를 받으며 네오를 잡으려는 스미스 일행을 피해 다닌다. 하지만 곧 잡히고 스미스 일행은 네오의 몸에 벌레를 넣는다. 이 벌레는 네오를 자신들의 눈 아래에 두고 감시하려는 것을 나타낸다. 하지만 모피어스 일행이 네오를 찾아 뱃속에 있는 벌레를 제거하고 모피어스에게 데려다준다. 모피어스는 네오에게 파란 약과 빨간 약을 주면서 "파란 약은 지금 여기서 끝내고 넌 평범한 일상생활로 돌아갈 수 있어. 하지만 빨간 약은 끝까지 간다" 라고 말한다. 네오는 빨간 약을 선택하고 먹는데 먹고 난 뒤 옆쪽에 있는 거울이 흐물흐물해진다. 호기심에 손가락을 넣는데 손가락에 거울이 액체처럼 묻고 그 액체는 점차 몸 전체로 번진다. 거울에 비추어진 자신은 자신이 아닌 가짜이지만 자신과 똑같이 생겼으

며 똑같이 움직인다. 하지만 이 매트릭스 안에서는 실제 자기 자신이 가짜인 아이러니한 상황이 발생하고 거울이 비친 자신이 진짜 자신일 수도 있을 것이다. 진짜 자기 자신이 가짜 속에 있는 정신을 빼앗으려 고 몸 전체로 번진 것은 아닐까? 맨 처음 컴퓨터에서 모피어스가 네오 에게 '일어나라' 라는 메시지를 보내는데, 이 메시지는 단지 잠에서 깨 라는 것이 아닌, 이 세상에서 진실에 눈을 뜨라는 숨겨진 뜻이 있다. 네오는 진실을 알고 싶어서 빨간 약을 먹었다. 하지만 진실은 너무나 처참했고 인간들의 존재가 오직 기계의 건전지 같은 에너지원 그 이상 그 이하도 아니었기 때문에 네오는 현실을 받아들이지 못한다. 하지 만 동료들의 믿음과 사랑으로 현실을 인지한다.

인류의 진화론을 보면 인류는 원숭이에서 인간으로 진화했다고 한 다. 그러면 왜 모든 원숭이가 인간이 되지 않고 일부만 인간이 되었을 까? 유력한 설 중의 하나는 원숭이는 먹을 것이 풍부한 정글에서 사는 데 그 옆에는 기후가 건조하고 자주 변하는 사바나 지역이 있었다고 한다. 원숭이들은 그곳에 가면 죽는다는 것을 알고 정글 속에서만 지 내지만 몇몇 원숭이들은 그 지역을 호기심 깊게 보았다. 그 원숭이들 은 가면 죽을지도 모른다는 것을 알고 있지만 그 지역으로 떠났고 그 들은 혹독한 환경에서 죽기도 하고 적응도 하면서 진화를 하며 인류의 조상이 되었다는 것이다. 인간에게는 호기심이 있다. 그리고 변화를 추구하는 본능도 가지고 있다. 네오는 그 미래가 무엇이든 도전하는 정신을 가지고 있기에 빨간 약을 선택해서 진실을 보았고 미래를 변화시켜나가려고 한다. 호기심이 없으면 도전할 수 없고, 도전할 수 없으면 변화할 수 없다.

밝은 꿈을 꾸고 싶어

날 유명하게 만들어줘요. 그리고 난 모든 것을 기억하고 싶지 않아요.

— 사이퍼

돈이 많고 유명해진다면 얼마나 좋을까? 설마 그것이 가짜라고 할지라도. 우리는 가끔 행복한 꿈을 꾼다. 예쁘고 유명한 연예인과 사귀는 꿈이나 돈이 많고 명예가 높은 사람이 되는 꿈. 이런 꿈을 꾸면 기분이 매우 좋아진다. 진짜 내가 아니라도 내가 그렇게 된 것 같은 만족을 얻을 수 있기 때문이다. 하지만 꿈에서 깨고 난 뒤 조금 지나면 기분이 그렇게 좋지는 않다. 그리고는 다시 누워 그 꿈을 꾸기는 원한다. 매트릭스에 나오는 사이퍼란 인물도 그런 인물이다. 그는 빨간 약을 선택했지만 그의 현실은 너무나도 어두웠다. 그는 행복한 가상이 그리웠고 그 속에 살기를 원하고 자신의 밝은 꿈을 위해서 친구를 배신한 사람이다. 어둡고 아무것도 없는 현실보다는 화려한 꿈을 꾸기 원하는 사람. 그것이 설사 아무것도 아닌 가짜라 할지라도……. 사이퍼는 어두운 현실보다는 매트릭스 속의 세계를 원했던 사람이다. 사이퍼는 네오와 마찬가지로 가상 현실 속에서 자각을 통해 현실로 왔겠지만 현실의 암담함 때문에 매트릭스라는 공간이 자신에게 더욱더 진정한 삶을 줄 수 있다고 생각하게 된다. 그는 매트릭스 속에서 자신의 진정한 삶을 찾기를 원하게 되는 것이다. 이와 반대로 네오 일행은 매트릭스 세계에서 벗어나 어두운 현실 속에서 자신들의 삶을 찾는 것이 진정한 의미라고 생각하는 것이다.

이 영화를 본 사람이라면 어느 누구든지 사이퍼를 이해할 수 있을 것이다. 어두운 삶을 향한 도피는 어떠한 사람이라도 하는 것이기 때문이다. 하지만 사이퍼는 빨간 약을 선택했고 진실은 보고 싶어했다. 그러면 그에 대한 책임을 져야 한다는 것이다. 진실을 보았으면 진실에 대해 순응해야 할 것이고 어두운 진실을 바꾸어 나아가야 한다. 롤러코스터를 타고 꼭대기에서 내려가기 직전 무섭다고 내릴 수는 없을 것이다. 자신이 선택했으면 끝까지 나아가야한다.

'그'가 되기 위해서

운명의 갈림길에서 외롭게 선 자. 나는 '구원자'다. '시온'을 구원할, 시온이 믿는 유일한 남자. 나는 네오다.

'나'는 꿈을 꿨다. 전화기에서 들리는 이상한 말과 쫓아오는 정장 무리들이 숨 막히게 조여오는 끔찍한 악몽을 꾸었다. 정장 무리들은 몸속에 이상한 것을 넣었고 난 바로 꿈에서 깨어난다. 잠에서 깨고 난 뒤 그 악몽에서 벗어났다고 생각했다. 하지만 그것은 꿈이 아니었다. 전화 속 인물은 나에게 선택을 요구했고 난 진실이 알고 싶어서 선택을 했다. 그러니 내가 지금까지 악몽으로 알고 있었던 것이 현실이고 현실이라고 생각했던 것이 진짜 악몽이었다. 이에 나는 처음에는 현실을 부정했지만, 결국 매트릭스에서 친구의 죽음과 모피어스의 믿음, 동료의 사랑, 마지막 자신의 죽음으로 자신이 '구원자'라는 것을 깨닫고 진짜 '구원자'가 된다. 모든 것을 시스템화시키는 매트릭스에서 시스템을 벗어나 매트릭스를 이해하는 '그'. '그'는 사람들의 소망을 현실로 바꾸어주는 역할을 수행한다.

— 네오의 생각

현실에서 보면 우리도 자신의 삶을 찾고자 하는 경험을 할 수 있다. 청소년기가 되면 누구나 한 번쯤은 '난 누구지? 어디서 왔을까?'라는 생각을 많이 하는데, 성공하기 위해 공부만 하다 보면 자신에 대해서 생각할 시간이 줄어들게 된다. 결국 이러한 생각은 사회 속에 묻히게 되고 사회가 정해 놓은 규칙대로 움직이게 되는 것이다. 데이비드 미첼이란 사람은 "도시는 사람들이 물건을 잃어버리는 바다이다. 당신은 오직 다른 사람이 잃어버린 물건만 발견할 수 있다"라고 말을 했다. 우리는 꿈을 이루기 위해 노력한다. 하지만 진정한 꿈을 모르고 있다. 자신의 꿈도 모르는데 어떻게 자기가 원하는 꿈을 향해 달려갈 수 있는가? 보통 꿈이라고 하면 성공이라는 말로 많이 바꾸어 쓴다. 우리는 돈 잘 벌고 유명한 것을 성공이라고 하는데 진정한 성공이란 '자신의 내면을 발견하는 것'이라고 생각한다. 우리는 더 이상 "넌 누구지?" 하고 묻지 않는다. 어린이가 세속의 티끌에 오염된 어른이 되고부터는 상대방에게 "뭐 하시는 분이시죠?", "무엇을 전공하셨죠?", "부모님은 뭘 하시죠?"가 모든 질문의 근원이 되어버렸다. 현재 사람들은 도시 속에 자신을 발견하지 못한다. 하지만 이 〈매트릭스〉라는 영화를 보고 나서 자신을 몇 분만이라도 생각하고 느끼며 탐구하는 것이 '진짜 삶'이 아닐까. 자기 자신의 내면을 발견하여 끌어내는 것이 진정한 성공이고 삶이라고 생각한다.

20장 편견, 희망, 그리고 변화

김현서

프리덤 라이터스

감독 : 리처드 라그라브네스
주연 : 힐러리 스웽크, 패트릭 뎀시
제작 국가 : 독일, 미국(2007)
개봉 : 2007년
장르 : 드라마

캘리포니아 주 롱비치에 있는 윌슨고등학교 203호. 세상이 만들어
낸 편견인 인종차별로 인해 상처받고 소외된 불량학생들의 교실이다.
전자 발찌를 차고 있는 아이들, 갱단에 속해 매일 매일을 전쟁처럼 살
아가는 아이들, 존중받기 위해 전사로서 죽는다는 아이들. 그들의 목
표는 살아남는 것이다. 그런 아이들에게 에린 그루웰이 찾아왔다.

편견의 갈등

에린 그루웰은 아이들을 잘 지도할 수 있을 것만 같았다. 하지만

이미 세상에 부정적인 아이들은 그루웰을 받아들이지 않는다. 그러던 어느 날 수업시간에 한 학생이 맨 앞자리에 앉은 흑인 친구 자말을 놀리기 위해 흔히 흑인을 묘사하는 짧은 곱슬머리와 두꺼운 입술을 한 사람의 그림을 그려 반 학생들한테 돌렸다. 마지막으로 그 그림을 손에 든 자말은 그것을 보고 나서 눈물을 흘린다. 그 사실에 화가 난 그루웰은 유대인의 예를 들며 학생들을 훈계한다.

"그거 알아? 예전에 이런 그림을 박물관에서 본 적이 있어. 단지, 흑인이 아니고 유대인이었지. 두꺼운 입술 대신 큰 코를 가지고 있었어. 하지만 그는 특별한 유대인이 아니었어. 그건 모든 유대인의 그림이었지."

홀로코스트는 제2차세계대전 때 있었던 독일 나치들의 유대인 대학살이다. 어떤 사람이 재미로 그린 큰 코를 가진 유대인의 우스꽝스러운 모습이 신문에 나면서 그것을 본 히틀러가 순수혈통주의를 주장하며 유대인들을 학살하기 시작했다. 그루웰은 홀로코스트를 통해서 아이들에게 외면의 모습만 보고서 그들의 내면까지 판단하면 안 된다는 것을 말하고 싶었던 것 같다. 특별히 우월한 인종은 없으며 모든 인종은 마땅히 존중받아야 할 권리가 있다.

우리가 가장 쉽게 차별을 받을 수 있는 것은 친하지 않은 사람끼리의 첫인상이다. 초등학교 때 한 친구가 내 겉모습만 보고 친구의 말을 잘 무시하고 이기적일 것이라고 함부로 얘기하고 다닌 적이 있었다. 그것으로 인해 친구들과 갈등이 생기고 잠깐 동안이지만 오해가 풀리는 동안 학교생활이 조금 힘들었었다. 눈이 조금 찢어졌다고 해서 모두가 이기적인 사람은 아니다. 피부색이 까맣다고 모두가 씻지 않는 것은 아니다. 날카로운 인상과는 다르게 마음이 따뜻하거나 예쁜 얼굴과는 다르게 이기적일 수도 있는 것이다. 실제로 러시아에서는 인종차별주의자들에 의해 2007년 60명이 사망하고 최고 280명이 부상당하였다. 최근에는 우즈베키스탄 출신의 한국귀화 여성이 피부색이 다르다는 이유로 목욕탕 출입을 거절당한 적이 있다. 그녀는 한국 국적을 취득한 한국인이라고 밝혔지만 외국인이라는 이유로 계속 출입을 거절당한 것이다. 지금은 시대가 많이 변해서 인종차별문제가 예전에 비해 줄어들 건 사실이지만, 이 영화 안에서도 인종차별이 완전히 없어진 것은 아니라는 말이 나온다. 사람들은 단지 그것이 없어진 척하는 것이다. 이것은 말뿐인 평등이라고 생각한다.

꿈꾸기 시작하다

그루웰은 수업시간에 게임을 하나 제안했다. 교실 중앙에 선을 그어놓고 그녀의 질문에 관심이 있거나 동의하면 선 주위에 서는 것이다. 게임이 진행되면서 아이들은 자신과 같은 고통 속에 살고 있는 친구들을 보며 서로가 '다른' 존재가 아니라는 것을 알게 된다. 그 중 마지막 질문인 폭력으로 인해 친구를 잃은 사람은 그 수가 네 명이 될 때까지도 많이 남아 있었다. 그루웰은 그들의 이름을 불러주는 것으로

안부를 전하게 한 뒤 게임을 끝내고 아이들에게 일기장을 하나씩 나눠
준다.

"원하는 건 뭐든지 써도 돼. 그냥 일기처럼 쓰는 거야. 뭐든지 말이
야. 대신 꼭 매일 써야 해."

그루웰은 매일 아이들에게 무엇이든 일기장에 적게 한다.

다음날 캐비닛에 쌓여 있던 일기장의 내용은 충격적이었다.

"사탕을 고르고 있을 때 총소리를 들었어요. 난 내 친구를 내려다
봤어요. 등과 입에서 피가 흘러나오고 있었어요. 다음날 난 셔츠를 벗
고 총을 멨어요."

"문밖으로 걸어나갈 때마다 나는 총 맞을 위험에 직면했다. 바깥
으로 나간다는 건……. 길 구석에 또 하나의 시체가 된다는 걸 말한다.
그게 내 친구였다는 건 아무도 모른다."

이 일기에는 그들의 고난과 감정이 생생하게 드러나 있다. 부모로
인한 고민, 인종편견으로 인한 고민, 친구를 그리워하는 모습이 그대
로 표현되어 있다. 아무리 총과 폭력이 난무하는 곳이라 하더라도 그
들의 감정은 청소년인 나와 별반 다를 게 없었다.

이 아이들의 성장과정은 끝이 보이지 않는 어둠이다. 이유를 알 수
없는 가난과 폭력 속에서 살아왔다. 매일 매일을 전쟁터와 다름없는
곳에서 서로에게 총을 겨누며 살아가는 아이들의 현실이 마음에 확 와
닿는 부분이었다. 문 밖으로 걸어나갈 때마다 총 맞을 위험에 직면한
다면? 길에 널린 게 사람의 시체라면? 항상 주위를 경계하며 살다 보

면 신체적으로뿐만 아니라 마음으로도 많이 지치지 않았을까. 친구들을 한 명씩 잃을 때 이 아이들은 어떤 생각을 했을까. 항상 곁에 있으며 내 이야기를 들어주던 친구를 잃는다는 것은 상상만 해도 끔찍한 일이다. 그 일기는 그들의 비참하고 안타까운 삶의 모습이 고스란히 전해질 만큼 생생했다.

> 내가 하고 싶은 얘기는 무엇이든 적을 수 있고, 어떤 고민도 한없이 들어주기만 하는 일기장은 나의 친구였다. 일기장은 나의 공포와 의문 그리고 슬픔까지 모두 받아주었다. 나는 일기를 통해 글쓰기의 아름다움을 발견했다. 하얀 백지 위에 자신을 쏟아부어 감정과 생각을 채우고, 영원한 기록으로 남기는 것은 아름다운 일이다. 그래서 전쟁이 지속된 2년 가까운 시간 동안 계속 일기를 썼다. 그것은 내게 모든 현실의 상처를 치유하는 과정이었다.

『즐라타의 일기』의 한 구절이다. 『즐라타의 일기』는 보스니아 내전 중 13세 소녀가 쓴 일기이다. 즐라타는 일기를 쓰면서 사회부 기자의 꿈을 꾸었다. 일기는 내면 관리에 좋다고 한다. '일기는 내 안의 분노와 슬픔이 차오를 때 넉넉히 받아주는 친구이며, 내면을 정돈해주고, 상처를 치유하는 최고의 상담자다. 내가 누구이고, 어떤 존재인지를 투명하게 비추어 주는 거울이다' 라는 말을 들은 적이 있다. 죽음과 편견에 휩싸여 살아가는 아이들은 일기를 쓰면서 폭력에 휩싸여 살아가던 자신들의 어두운 삶을 되돌아보고 개인의 상처를 회복했다. 그리고 미래를 향한 꿈을 꾸게 되었다.

You are the heroes. You are heroes every day

홀로코스트가 무슨 뜻인지도 모르는 아이들을 위해 방과후 백화점에서 판매일을 하고, 호텔에서 일을 하며 새 책을 선물한 그루웰. 그리고 자신들과 비슷한 처지의 내용이 담긴 소설들을 읽고 자신을 돌아볼 수 있게 되는 아이들. 그리고 그루웰은 아이들과 함께 아우슈비츠박물관을 견학한다. 그들은 그곳에서 겨우 일곱 살의 나이로 가스실에서 죽어가야만 했던 아이들, 단지 유대인이라고 해서 학살당했던 사람들의 이야기를 본다. 그리고 그들 역시 같은 이유로 폭력을 당하고, 가하고 있다는 사실과 홀로코스트에서 살아남은 생존자들의 이야기를 들으며 자신들에게도 희망이 있다는 것을 깨닫게 된다.

그루웰은 그들에게 『안네의 일기』를 선물했다. 아이들은 집에서도 버스를 타면서도 항상 『안네의 일기』를 읽었다. 가장 굳게 마음의 문을 닫고 있던 에바마저 그 책을 읽을 때는 선생님을 찾아와 관심 있게 책에 대한 질문을 하곤 했다. 자신들과 또래인 안네를 이해하고 또 이해받고 싶었던 것이다. 그들은 『안네의 일기』에서 '조력자'라고 표현된 유일한 생존자인 미프 히스를 깊이 존경하게 된다. 그루웰은 미프 히스에게 편지를 보내는 것을 제안한다. 미프 히스가 살아있다는 것을 알게 된 아이들은 자신들도 적극적으로 도울 테니 그녀를 직접 초대하자고 한다. 아이들은 미프 히스를 초대하기 위한 기금마련 댄스 파티를 열고 모금행사를 한다. 그루웰과 아이들의 노력으로 미프 히스는 직접 월슨고등학교를 방문한다. 그리고 마커스가 그녀를 에스코트했다.

마커스는 미프 히스가 한 일이 얼마나 가치 있는 일이었는지 깨달았다. 그리고 자신도 그녀와 같이 가치 있고 옳은 결정을 하고 싶었다. 그리고 말했다.

"당신은 나의 첫 번째 영웅이에요."

"You are the heroes. You are heroes every day."

(여러분들이 영웅이에요. 여러분들이 항상 영웅이에요.)

하지만 그녀는 단지 자신은 옳은 일을 했을 뿐이라고 한다. 그리고 선생님에게 학생들의 상황에 대해 들었는데, 그 삶을 살아가는 여러분들이 영웅이라고 한다. 자신의 위대한 영웅으로부터 자신들이 영웅이라는 말을 들었을 때의 감동은 얼마나 컸을까.

그녀의 이야기를 듣는 내내, 아이들의 표정이 아직도 머릿속에서 사라지지 않는다. 안타깝기도 하고 긴장도 되는 듯한 그들의 표정. 그녀의 이야기를 들으며 아마 그들에게는 자신을 돌아볼 수 있는 좋은 기회가 됐을 것이다. 영화가 시작한 초반과는 확실히 달라진 그들의 행동과 눈빛, 말투를 느낄 수 있었다. 공격적인 눈빛과 폭력적인 행동은 사라지고 상대방을 배려할 줄 아는 행동으로 남을 대하는 아이들.

이젠 어른에게 예의도 갖출 수 있게 되었다.

"여러분들이 지금 있는 곳에서 어두운 골목에 등불을 하나씩 켜듯이 올바른 일을 해나가는 것이 진짜 영웅이에요."

미프 히스, 그녀의 말처럼 우리는 모두 평범한 사람들이다. 평범한 주부, 평범한 학생. 하지만 우리는 각자의 위치에서 작은 등을 켤 수 있다. 그곳이 어디든지 말이다.

엄마가 필요해요……

"난 선전포고도 없는 전쟁에서 많은 친구를 잃었어요. 전사들이나 나에게나 그건 모두 가치 있는 일이죠. 총알을 피하고 방아쇠를 당기는 위험을 무릅쓰는 것 말이에요. 다 가치가 있어요."

마커스가 쓴 일기의 한 부분이다. 클라이브는 그와 같이 자란 친한 동생이다. 어린 시절 아무에게도 보호받을 수 없었던 그들은 스스로를 보호하기 위해 총을 구했다.

"이제 아무도 못 덤빌걸."

우쭐한 마음도 잠시. 클라이브는 실수로 총에 맞아 죽었다.

"난 거기 앉아서 경찰이 올 때까지 기다렸다. 경찰이 도착했을 때 그곳에는 죽은 소년, 총, 그리고 흑인 한 명이 있었다."

마커스는 보호시설에 맡겨졌다. 첫날 밤은 그에게 굉장한 공포로 다가왔다. 수감자들은 소리를 지르고 갱 사인을 던져댔다. 그 후 그는 갱단에 가입을 하고, 그 이유로 엄마는 더 이상 그를 보지 않았다. 갱단에 가입한 이후로 몇 년간 그곳을 들락거린 그는 항상 생각했다.

"난 언제쯤 자유의 몸이 될까."

그루웰을 만나 일기를 쓰고 책을 읽으면서 조금씩 진짜 자신의 모습을 되찾게 된 마커스는 다시 엄마에게 돌아간다. 늦은 밤 마커스는 마트에 갔다가 집안으로 들어서려는 엄마에게 다가간다. 엄마에게 다가가는 그의 눈에는 눈물이 고여 있고 입술에 계속 침을 바르는 그의 표정에는 긴장한 기색이 역력하다. 계속 엄마만을 응시하며 걸어가는 그는 금방이라도 울 것만 같았다. 고개를 떨어뜨리며 한숨을 쉬는 그는 비록 갱단에 가입하여 반항적인 생활을 했지만 항상 마음 한구석에 깊이 자리잡고 있던 엄마를 보자 그동안의 삶에 대한 서러움이 밀려오는 것 같았다.

"엄마……. 난 변하고 싶은데 혼자서는 잘 안 돼요. 엄마가 필요해요……."

마커스는 어느 순간부터 자신의 인생이 잘못됐다는 것을 깨달았고, 그루웰 선생님을 만나 희망을 얻게 되었다. 그리고 미프 히스와의 만남을 통해 용기를 얻었다.

"집에 돌아가고 싶어요. 이제 더 이상 길거리에서 지내고 싶지 않아요. 죄송해요."

엄마는 눈물을 참았다. 아무리 속을 썩이고 인연을 끊었다 하더라도 마커스는 자신의 아들이다. 마커스의 엄마는 그를 바라보며 말없이 장바구니를 넘겨준다. 장바구니를 건네받은 마커스는 이제야 긴장이 풀리는지 엄마를 바라보며 미소를 지었다. 마커스의 미소는 멋졌다. 그리고 정말 아름다웠다.

이 영화는 실화를 바탕으로 제작된 것이다. 영화의 주된 내용은 인종차별과 관련이 있다. 14~15살 된 아이들은 연필을 잡고 공부를 하는 것이 아니라 총을 지니고 하루하루 살아남는 생존 전쟁을 한다. 그들은 자신을 희생하면서 아이들을 사랑으로 감싸고 희망으로 보듬어준 에린 그루웰이라는 선생님을 만나, 결국 어디서든 혼자 일어설 수 있는 힘을 갖게 된다. 그루웰은 아이들에게 책을 읽히고, 매일 일기를 쓰게 했다. 아이들은 일기를 적으면서 변화하게 되고, 그녀 또한 그 일기장을 통해 그들의 삶을 이해하고 비로소 자신의 삶도 이해하게 되었다. 그녀는 많은 이들이 해내지 못한 일들을 해냈다. 모두가 외면하던 일을 해냈다.

"난 18살까지 살아남으면 운이 좋은 거예요. 우린 전쟁 중이라고요."

졸업하는 것은 곧 기적이라고 여기던 아이들은 모두 학교를 졸업한 후 대학에 진학을 했고 프리덤 라이터스(freedom writers) 재단을 설립했다. 그리고 일부 학생들은 현재 그루웰처럼 또 다른 아이들에게 희망을 가르치고 있다. 한 사람이 다른 사람들을, 그리고 그들의 인생을 바꾸는 일은 언제나 놀랍고 감동적이다. 영화가 전달해주는 희망의 메시지와 아이들이 변화해가는 모습이 인상 깊었다. 나 자신이 소중하듯, 모두가 소중함을 깨닫게 해주는 영화였다.

21장 자연, 우리들의 이야기

금지원

모노노케 히메 (원령공주)

감독 : 미야자키 하야오
출연 : 마츠다 요지, 미와 아키히로 등
제작 국가 : 일본(1997)
개봉 : 2003년
장르 : 애니메이션, 모험

　우리는 계속 발전해나가지만 사라져가는 자연은 그 후에 되돌릴
수 없다. 지금 세계는 굉장한 발전하여 인간은 편하게 살고 있다. 그것
은 과학기술의 발전 때문이다. 우리는 이로써 편안한 삶을 얻었지만
그 반대로 지금 우리 주위에 있는 자연은 어떻게 되었나? 우리가 그렇
듯 자연도 옛날과는 많이 변했다. 흔히 보이던 식물과 동물들은 이제
더 이상 볼 수 없는 생물이 되어버렸다. 지금껏 발전해온 것과 자연을
더 이상 맞바꿀 수 없을 만큼 우리는 돌아올 수 없는 길을 와버렸다.
이런 후회와 함께 다시 자연을 생각하는 마음으로 보는 〈모노노케 히
메〉는 우리 바로 옆에 있는 자연의 이야다.

인간이 만든 재앙 앞에 선 인간

전쟁이 끝나고 승리를 거둬 이제 겨우 평화를 되찾은 마을. 이 작은 마을에 갑자기 재앙신이 다가온다. 이상한 낌새를 차린 주인공 아시타카는 재앙신을 진정시키고 말로 해결하려고 하나 재앙신은 이미 제정신이 아니다. 마을을 해치려는 재앙신을 아시타카는 할 수 없이 활로 쏘아 죽이지만 그로 인해 생긴 상처는 죽음의 저주로 아시타카의 살을 파고든다. 죽음의 저주는 풀 수 없다고 생각하고 포기한 마을 주민들은 지금 자연을 포기하고 발전을 계속한 우리들의 모습이고, 저주는 자연이 우리에게 보내는 마지막 경고라고 생각한다.

아시타카는 옛날엔 어느 산의 주인이었던 멧돼지가 왜 재앙신이 되어 마을을 해쳤는지 알아보기 위해 서쪽 끝을 향해 떠난다. 그곳에서 알아낸 것은 철을 만들어서 살아가는 타타라바 마을이다. 그곳의 지도자인 에보시에게 멧돼지 속에서 나온 정체모를 것을 보여주자 에보시는 그것은 바로 이 마을에서 쓰는 총의 총알이란 것을 알려준다. 총알은 우리 인간들의 발전을 나타내지만 자연에게는 해로운 것이 되어 돌아간다. 이렇듯 멧돼지를 재앙신으로 만든 것은 인간이 만든 것이며, 그 피해는 다시 인간에게로 돌아온다. 인간은 이런 것으로 발전을 해왔지만 이 발전은 자연을 위한 것은 아니다. 그로 인해 자연은 인간들에게 재앙을 준다. 이 영화는 재앙신이라는 이름으로 자연이 인간에게 주는 메시지를 표현한 것은 아닐까? 이런 메시지를 무시한 인간들은 많은 재앙을 겪고도 욕망을 멈추지 못한다. 멈추기는커녕 거

듭하여서 발전해나간다.

내가 사는 곳은 수도권처럼 많이 혼잡하고 발전되지는 않았다. 마을 주변을 찾아보면 쉽게 산을 볼 수 있다. 그런데 언제부턴지는 모르겠지만 산에 포클레인이 올라가 나무를 베고 산을 깎고 있는 모습이 보인다. 그나마 남아 있던 나무들도 베어 간다. 많은 나무를 베서 무엇을 하려는 걸까? 물론 우리가 사용하는 물건을 만들거나 나무들을 베어낸 산을 깎아서 터널을 만들고 등산로를 만들겠지. 지금의 우리는 자연을 해치고 엄청난 발전을 해왔다. 그런데도 아직도 자연을 해치면서 발전을 해야 한다면 그것은 무모한 짓일 것이다. 결국은 자연의 희생으로 이루어나가는 우리의 발전이 옳은가를 스스로에게, 인간에게 묻고 싶다.

석 달째 홍수의 피해를 받고 있는 태국은 국토의 70%가 물에 잠겼다고 한다. 강에서 바다로 나가는 수문을 다 개방하지만 아직도 복구되지 않고 있다고 한다. 그리고 동물원에 있던 작은 동물들 중에 차오르는 물에 견디지 못하고 죽은 동물이 많다고 한다. 이런 일이 일어난 원인은 급격한 기후변화 때문이다. 기후변화로 때아닌 비가 내리고 강수량이 평균을 넘어가면서 태국은 댐에 있던 물을 대책 없이 방류하기 시작하고 태국의 4대강이 범람하고 농지와 산업단지가 물에 잠기면서 세계적으로 경제에 타격을 줬다. 급격한 기후변화는 인간의 개발로 인해 더욱 빨라졌다. 우리는 발전하면서 만들어낸 수많은 물질들로 자연을 오염시키고, 그 결과 생기는 이상한 일들은 결국 인간에게 돌아오는 악순환이 된다. 그럼에도 불구하고 우리는 좀 더 편안함을 추구하기 위해서 계속한다. 자연재해는 마치 자연과 인간의 소리 없는 전쟁 같다. 이런 악순환을 끊을 방법을 아는 것은 자연이 아닌 인간들이다.

작은 존재도 생명

시시신은 모든 생물의 생명을 관장하는 신이다. 그러나 시시신은 자연과 인간들 중 아무에게도 편을 들지 않는다. 시시신은 단지 세상의 균형을 맞출 뿐이다. 영화에서 시시신은 에보시가 총을 쏘려 달려들 때도 단지 쏘지 못하게 방해했을 뿐, 에보시를 죽이지 않았다. 시시신이라면 충분히 에보시의 목숨을 뺏을 수 있다. 하지만 그러지 않았다는 것은 시시신은 누구의 편도 아니며 신에게는 하찮게 여겨질 인간이라는 생물을 소중한 한 생명으로 보았기 때문이다. 그러나 에보시가 다시 시시신을 향해 총을 쏘아 시시신의 목을 떨어뜨렸을 때, 인간은 자신보다 커다란 존재를 자신보다 작은 존재로 생각하고 생명으로 여기지 않았던 것이다.

시시신의 목이 떨어짐과 동시에 숲의 모든 생명들이 죽어가는 데도 불구하고 인간들은 냉정하게 자신의 욕망을 위해 달아난다. 아시타카와 산이 그들을 쫓아 시시신의 목을 다시 시시신에게 돌려주지만 모든 생명이 죽은 숲을 위해 시시신이 희생하여 숲을 돌려놓는다. 이제 더 이상 세상을 균형을 맞춰줄 신이 사라진 것이다. 이로써 인간을 막을 것은 아무것도 없다. 자신보다 큰 존재도 생명이라 보지 않는다면 작은 존재들은 그들에게 단지 움직이는 장난감일 뿐이다. 이런 고정관념을 깨야 하는 것은 바로 우리 인간들이다.

이 세상에 살아가는 작은 식물도 동물도 모두 자기 나름대로 생명을 아낀다. 그래서 그들은 서로 적이 되기도 하고 공생하며 살아가기도 한다. 아주 작은 개미 한 마리 한 마리조차도 무시할 수 없는 것은 그들은 우리와 함께 지구에서 살아가는 '생명'이기 때문이다. 그들과 우리가 다른 점이라곤 수명의 차이와 언어적 차이밖에 없다. 그러나 우리는 그들의 생명을 하찮게 여긴다. 내가 읽은 책 중에서 이런 이야기가 있다. 동물병원에 심하게 다친 고양이를 데리고 온 어떤 여인과 한 아이. 아이는 고양이가 죽을까 봐 훌쩍거리며 울음을 멈추지 않았다. 그러나 고양이는 살아날 기미가 보이지 않는다. 그때 그 여인이 하는 말은 충격적이었다.

"울지 마, 아들. 저 고양이가 죽으면 집에 가는 길에 엄마가 또 한 마리 사줄게."

이 한 줄을 읽을 때 머리를 망치가 때린 것처럼 멍했다. 생명이 돈이란 것으로 정해질 수 있는가? 나는 이해할 수가 없었다. 마치 헌 장난감이 부서지면 새것으로 사면 된다는 듯한 대화를 듣고 있는 것 같았다. 이것은 마치 한 사람이 죽으면 "괜찮아, 아기를 낳으면 되잖아"라고 말하는 대화 같다. 인간은 생명을 가지고 놀 권리도 사고 팔 권리도 없다.

지금 우리가 망친 자연에서 점점 사라져가는 생물들이 있다. 한때 개체 수가 많았던 '파란사슴'은 사람들이 서식지를 파괴하면서 사라져갔고 파란 가죽 때문에 무차별하게 사냥되었다. 그 결과 1800년도를 마지막으로 더 이상 파란사슴의 모습은 보이질 않았다고 한다. 인간들은 과학의 힘으로 복제를 하여 이들을 부활시킨다. 하지만 복제로 태어난 동물들은 대부분 질병 등을 앓다가 죽어간다. 이것이 자연과 과학의 차이이다. 지금 과학은 무한하게 발전되어가고 있지만 자연을 따라하지 못할 것이다. 인간이 동물을 복제하는 것은 멸종보호라는 것을 변명으로 하는 그들의 욕망이고, 자연은 하나의 생명에게 살아갈 의미를 주기 때문이다. 멸종위기 동물은 우리가 만들어낸 결과이고 복제는 우리가 만든 대처법일 뿐이다. 동물복제는 결코 자연의 동물과 같다고 할 수 없을 것이다.

인간과 자연은 하나의 배를 탔다

이 영화에 보면 유난히 많은 신들이 나온다. 생명과 죽음을 조종하는 시시신, 들개신 모로, 멧돼지신 나고 등 많은 동물신들이 있다. 지금의 우리가 종교를 믿고 따르는 것처럼 인간이 모시는 신이 아닌 동물들이 자기 종족의 우두머리를 신으로 숭배하는 듯한 모습을 보여준다. 옛적에 동물을 신으로 삼고 숭배했던 역사 때문일지도 모른다. 인간이 잘못을 저지르면 신은 벌을 내린다. 옛날엔 이렇게 인간들이 자연을 신이라 여기고 해칠 생각을 전혀 하지 못했다. 하지만 〈모노노케 히메〉에서는 인간들이 신보다 더 우월하다고 생각하고 자연을 해치는 이야기가 나온다. 아시타카는 들개신 모로에게 "인간과 신들이 공존할 수 있는 방법은 없어?"라고 묻지만, 모로는 그저 웃으며 차가운 대답으로 아시타카를 타타라바 마을로 돌려보낸다. 들개신 모로가 차가운 웃음으로 아시타카를 돌려보낸 것은 자연과 인간이 같이 살아갈 수 있다는 것을 포기한 것을 의미한다. 인간이 시시신의 숲을 해칠지도 모른다는 생각에 멧돼지 일족은 시시신의 숲을 지키려고 사람들과의 전쟁을 선포하고 그 틈을 노려 인간들은 시시신의 목을 노린다. 사람들은 시시신이 죽으면 신이었던 동물들도 다시 원래 보통 동물로 돌아온다고 생각하고 시시신의 목을 노렸다.

자연은 언제나 인간에게 수없이 많은 것을 주었지만 인간들은 자연에게 아무런 보답도 하지 않는다. 이것은 우리가 아는 『아낌없이 주는 나무』와 비슷한 점이 있다. 『아낌없이 주는 나무』에서 나무는 남자를 위해 모든 것을 주지만 남자는 나무에게 부탁만 할 뿐 아무것도 하지 않는다. 끝에 남자는 나무를 찾아왔지만 나무는 "나는 이제 너에게 줄 것이 없어, 단지 밑둥만 남았어"라고 말하지만 남자는 "괜찮아, 쉬어갈 자리가 필요한 것뿐이야"라고 말한다. 이 말은 자연을 무차별하게 해치던 사람들을 상징했던 남자가 더 이상 자연을 해치지 않고 자연을 소중하게 여기게 되는 그런 생각이 든다.

주말이면 사람들은 여가활동으로 산을 찾는 사람이 많다. 산에는 많은 나무와 동물들이 살아가고 있다. 그런데 등산로가 발달되면서 산에 많은 사람들이 온다. 나도 부모님을 따라 산에 간 적이 많다. 그때마다 봤던 것들은 나무와 일상에선 볼 수 없었던 산 속에 숨어있던 작은 생명들이다. 여기저기 나무를 옮겨 다니는 다람쥐들도 보이고 나뭇가지에 둥지를 만들어 살아가는 많은 새들도 보인다. 특히 가을에 산에 가면 많은 열매들이 맺히고 땅에 떨어져있는 열매들도 보인다. 열매들을 사람들이 많이 주워가곤 하는데 그런 행동으로 산 속의 동물들은 먹이가 부족해 겨울을 안전히 보낼 수가 없다. 그래서 요즘은 열매 주워가는 것을 방지하기 위해 안내판이나 단속을 하는데도 불구하고 이런 짓을 하는 사람이 많다. 산에 가서 아무리 작은 것이라도 지킬 것은 지켜야 자연도 인간도 같이 살아갈 수 있다.

멀리 있는 아마존으로 가보면 아마존 열대우림은 지구의 허파라는 이름을 가질 정도로 지구 대부분의 산소를 만들어내고 있다. 그러나 지금 브라질에서는 가축사육과 농경지를 위해 26억의 나무가 불법 벌목된다고 한다. 불법벌목 때문에 브라질에서는 벌목권을 판매하기로 했다. 벌목권으로 불법벌목을 줄이고 산림보존을 위해 벌목한 자리는 30년 동안 다시 벌목할 수 없도록 하였다. 하지만 아직도 계속되고 있는 불법벌목을 막지 못한다면 산소가 부족해지고 이산화탄소가 증가하면서 지구온난화와 다른 지역의 사막화가 계속될 것이다.

아시타카가 마지막에 "산은 숲으로, 나는 타타라바 마을에서 살아가지만 다시 만나러 갈게"라고 말한다. 아시타카가 말한 것은 어쩌면 자연과 인간이 함께 공존해서 살아가자는 뜻인 것 같다. 우리 주위에는 아직도 지켜야 할 존재들이 많다. 지금 없어져가는 작은 생명들을 위해 조금 더 관심을 기울여야 한다. 생명을 생각하는 마음으로 이 영화〈모노노케 히메〉를 본다면 자연의 소중함과 중요성과 관계를 더 절실히 깨닫게 될 것이다. 지금 우리가 하는 개발이 자연에게 얼마나 많은 피해를 주는지. 아직도 자연을 하찮게 여기고 무자비한 개발로 계속 나아간다면 언젠가 정말 〈모노노케 히메〉에서의 한 장면처럼 모든 자연이 일어나서 우리에게 벌을 내릴 것이다. 평소에 자연에 관심이 없더라도 집중해서 이 영화를 보면서 생각해보자. 지금 우리가 무엇을 위해 개발하고 발전하는지를.

22장 **와인드 업**

최수정

크게 휘두르며
감독 : 미즈시마 츠토무
출연 : 요나가 츠바사 외
제작 국가 : 일본(2007)
개봉 : 2007년
장르 : 애니메이션, TV시리즈

〈크게 휘두르며〉는 소년들의 눈부신 야구생활을 그려낸 만화이다. 중학교 시절 한심한 투수라 불리면서도 야구공을 손에서 놓지 않았던 미하시 렌과 투수에 대한 악감정이 남겨져 있는 아베 타카야라는 소년들을 중심으로 풀어가는 이야기이다.

하지만 이 작품은 시중에 널리 퍼져 있는 스포츠만화들과는 달리 현실적이고 인간미가 넘치는 모습으로 우리에게 다가온다. 마치 고교 야구를 그대로 베껴놓은 것 같은 시합 전개와 선수들 각각의 모노로그(혼자만의 독백)가 붙어 있어 한층 더 우리에게 친숙하게 느껴진다. '이런 내 성격으로 친구들에게 이상하게 보이면 어떡하지?' 하고 걱정하질 않나, 번트 성공에 일일이 좋아하지를 않나, 정말 인간미가 넘쳐흐른다. 이렇게 인간미와 현실감을 섞어 놓은 야구만화, 〈크게 휘두르며〉를 제대로 파헤쳐보자.

고교의 첫 시작은 야구와의 만남

미하시 렌(주인공)은 중학교 시절 자신의 투구로 '전 시합 패배' 라는 결과를 불러왔다. 결국 압박에 이기지 못해 야구를 버리기로 결심하고, 미호시학교를 나오게 된다. 그곳을 나와 야구를 더 이상 하지 않겠다고 마음속으로 굳게 다짐한 끝에 니시우라고교로 발걸음을 돌린다. 하지만 니시우라고교는 그가 들어간 해부터 경식야구부(일본 고교 야구부에는 2가지 형태가 있는데 하나는 연식야구부, 즉 고교공식대회에 나가지 못하는 야구부가 있고, 고교공식대회의 출전이 허가되는 실질적인 야구부인 경식야구부가 있다)가 되어버린다. 미하시는 살짝 보기만 할 생각으로 그라운드를 찾아 나선다. 그렇게 찾아간 곳에는 야구가 있었고 결국 그는 다시 한번 공을 잡기로 마음을 먹는다.

미하시는 전에 다니던 중학교 이사장의 손자여서 유능한 투수가 아님에도 불구하고 3년간 에이스넘버를 등에 달고 시합에 나갔다. 그러고는 전패. 자신은 이런 모순이 잘못되었음을 알고 있었지만 그것을 알면서도 3년간 마운드를 누구에게도 양보하지 않았다. 이런 이유 때문일까? 등번호 '1'을 유지한 3년 동안 같은 동료들에게는 철저한 무관심 속에 따돌림을 당했다. 이런 따돌림을 받으면서도 미하시는 야구를 계속했다. 야구를 마음속 깊이 좋아했기 때문이다. 그런 그가 아마도 야구와 다시 만난 것은 필연적이지 않았을까? 그는 야구를 잊지 못했다. 야구는 따돌림 당하는 그에게 있어서는 자신의 존재의미를 표현해주는 유일한 수단이었다. 야구를 버릴 수가 없었던 것이다.

나에게도 미하시의 야구와 같은 것이 있다고 하면, 그것은 약간 부풀려진 말이다. 나는 아직 어리고 단순하기 그지없다. 하지만 이런 나에게도 하고 싶은 일이 있다. 그것은 그림을 그리는 일이다. 그렇지만 그림 그리는 일 때문에 무언가 희생을 해야 한다면 나는 과감히 포기해버리지 싶다. 그러나 기회가 혹은 때가 된다면 미하시와 같이 저렇듯 단 한 번이라도 좋으니 무언가의 일에 간절해져봤으면 좋겠다. 나도 언젠가 그렇게 살아가고 싶다. 늦게라도 좋으니, 꿈이 나에게로 왔으면.

너와 나의 이야기는 통하고 있을까

미하시와 아베는 중학교 시절의 어두운 기억으로 인해 성격이 바뀌어버렸다. 미하시는 3년간 따돌림을 당한 끝에 소심하고 나약한 울보가 되고, 아베는 중학교 시절에 제멋대로인 투수를 만나 마음 고생을 하여 투수 자체를 꺼려하게 되었다.

'아베는 나를 싫어하는구나.'

'이런 녀석은 동료가 아니라면 절대로 사귀고 싶지 않은 타입이야.'

아베와 미하시의 첫 만남은 이렇게 시작하게 된다. 아베와 미하시 둘 다 뭔가가 엇갈려 있다는 것을 눈치채지만 서로에게 다가가지 못한 채로 여름대회를 맞이하게 된다. 드디어 맞닥뜨린 여름대회 1회전의 상대는 바로 작년의 우승교로 결정이 된다. 아베와 미하시는 작년 우승교를 상대로 열심히 막아보지만, 의사소통이 제대로 되지 않아 진땀을 흘렸다.

'미하시, 직구로 던져!'

'지…… 직구는 무서워…… 도, 도망치고 싶어.'

'…… 그렇게 내 말을 안 듣겠다면 네가 좋을 대로 던져보라고!'

'어……? 직구로 안 던져도 되는구나.'

강호를 상대로 직구를 무서워하는 미하시와 그런 미하시를 이해 못 하는 아베는 맘대로 던지도록 변화구를 요구하고 그 사이 4점을 빼앗기고 만다. 하지만 짧은 경기시간 중에 아베는 미하시와 제대로 된 얘기를 하는 것은 무리라고 판단해버리고는 미하시를 불안하게 만들어 미하시의 힘을 끌어올린다. 그리고 힘겹게 우승을 거머쥔다.

미하시와 아베는 서로 다른 이야기를 하고 있다는 것이 잘 느껴지는 케이스이다. 심지어 미하시는 먹고 싶은 것들을 얘기하고 있는데 아베는 자신이 좋아하는 애완동물에 대해 이야기하기도 한다. 이렇게 대화가 어긋나는 두 사람은 시합에서도 어긋나는 모습을 보인다. 그래서 나는 아베와 미하시가 어긋나는 모습을 볼 때마다 무심코 한숨이 나와버린다.

하지만 의외로 대화가 어긋나는 일들은 일상생활에서 많이 겪지 않는가? 소소한 친구들과의 대화에서도 '나는 지금 다른 것을 얘기하고 있는데……' 나지막한 목소리로 친구들에게 귀띔해본 적이 있을 것이다. 나도 길거리에서 어머니와 함께 걷고 있다가 우연히 예쁜 부츠를 봐서 부츠에 대해 이야기했더니 어머니는 코트에 대해 이야기하는 줄 아시고는 내가 한 말에 맞장구를 치셨다. 지금 생각해보면 웃을 일이지만 이야기할 당시에는 얼마나 황당했는지 모른다.

아베와 미하시는 나와 어머니의 얘기처럼 대화가 어긋나는데, 이 둘과 나와 어머니는 크게 다르다. 바로 이야기가 새고 있다고 귀띔을 하지 않는다. '미하시 우리 다른 이야기를 하고 있어' 하고 한 마디만 해주면 될 것을 하지 않는다. 미하시와 아베는 힘을 좀 더 내야 할 것 같다.

비죠우다이사야마, 우리들은 졌다. 그리고

미하시는 여름대회 들어가기 전에 아베에게 이런 약속을 받아낸다. "3년간 병도 안 걸리고 부상도 당하지 않을게. 네가 던지는 시합은 내가 전부 받아줄게!"

미하시는 아베가 자신의 공을 받아줌으로써 여름대회 전에 했던 연습시합들을 모두 이기게 되고 자신감을 찾았다. 그러던 어느 날 미하시는 '아베가 없으면 자신은 다시 한심한 투수로 돌아가고 말 거야' 하는 생각을 하게 되고 아베에게 저런 약속을 받아낸다. 하지만 미하시가 불안해 한 것처럼 아베는 비죠우다이사야마전에서 부상을 입게 되고 아베의 부재로 인해 시합에서 져버리게 된다. 미하시는 아베와 함께 있으면 이길 수 있기 때문에 아베에게 줄곧 의존해왔다. 하지만 아베가 부상을 입게 되면서 미하시는 홀로 서기를 하게 된다.

만약 나에게도 미하시와 같이 의존할 수 있는 사람이 없어져버린다면 나는 무너질 것이다. 우리 나이 또래에 가장 의존할 수 있는 사람은 바로 부모님이다. 중3 여름방학 때 부모님들은 나를 홀로 내버려두고 이 주일 동안 시골에 내려갔다 온 적이 있다. 물론 나에게는 아주 약간의 귀띔만 있을 뿐 바람과 같이 사라지고 바람과 같이 집으로 돌아오셨는데 부모님이 없는 밤이 어찌나 무섭던지 난 벌벌 떨면서 밤을 지새워야만 했다. 특히나 충혈된 눈으로 밤을 새고 있는데 과자봉지 하나라도 부스럭거리면 정말 머릿속에서 온갖 상상이 되면서 눈물이 나올 뻔했다. 강도? 도둑? 귀신? 그렇게 힘겹게 밤을 지새우고 난 다음, 해가 중천에 떠야지만 안심이 돼 겨우 새우잠을 잤었다.

미하시도 아마 이런 기분이었을 것 같다. 하지만 미하시는 열심히 버텼다. 강판하는 일 없이 그 혼자서 다 막아냈다. 시합이 끝난 후 미하시는 아베의 집에 찾아가 '지금까지 아베에게만 의존해서 너무 미안해. 앞으로는 나도 생각하고 행동할게' 하고 고백한다. 그렇게 미하시와 아베는 서로를 좀 더 살필 수 있지 않았을까?

    〈크게 휘두르며〉의 매력 포인트는 한두 군데가 아니니, 이런 글을 읽는 것보다 직접 보기를 권장한다. 시선을 잡아끄는 부분이 한두 군데가 아닐 것이다. 그리고 아직까지도 연재가 되고 있기 때문에 매우 흥미진진하다. 마지막으로, 나에게 〈크게 휘두르며〉라는 작품이 마음 깊이 다가온 만큼 그대들에게도 〈크게 휘두르며〉가 다가오기를 빈다.

23장 꽃을 피우는 법

육태훈

꽃이 피는 첫걸음
감독 : 안도 마사히로, 모리오카 히로시
출연 : 하마다 켄지 외
제작 국가 : 일본(2011)
개봉 : 2011년
장르 : 애니메이션, TV시리즈

〈꽃이 피는 첫걸음〉은 오하나라는 적극적이고 생활적인 16세 소녀의 성장 이야기이다. 주인공으로 인해 어머니가 할머니와의 관계를 다시 생각하게 한다든지, 친구의 짝사랑을 이어주는 큐피드가 된다든지 해서 모든 등장인물이 조금씩 자신의 삶의 방향을 알게 되고 성장하게 된다는 이야기이다.

작품의 초반부는 소꿉친구가 오하나에게 자신의 사랑을 고백했지만 당황해서 대답을 남겨주지 못하고 집에 뛰어오자 어머니가 다른 남자와 함께 도피하는 바람에 한 번도 만나지 못했던 할머니 댁에 주인공인 오하나가 맡겨지게 되면서 이야기가 시작된다.

꽃이 피기 위한 준비

소꿉친구에게 고백 받고 대답해주지 못한 채 집에 돌아왔을 때 어머니가 다른 남자와 잠시 어디론가 떠난다고 하면서 할머니 댁에 오하나를 떠맡겨버린다. 쉽게 말하면 어머니와 떨어져 살게 되어버린 것이다. 오하나가 할머니 댁에 가자마자 귀여움 대신 받은 건, 할머니의 '일하지 않는 자, 먹지도 말라' 라는 신조 탓에 걸레와 물통. 그리고 할머니의 온천여관이자 오하나의 새로운 집이 된 '킷스이소'에서 일을 하기 시작하면서 이야기가 시작된다.

오하나는 가자마자 풀을 정리한답시고 민코가 좋아하는 꽃을 꺾어버린다. 삼촌인 에니시는 평소 자신의 누나인 사츠키에게 가지고 있던 안 좋은 감정을 담아 오하나를 기분 나쁘다는 듯 바라본다. 여러모로 오하나에게 좋지만은 않은 시작이었다. 그러나 스토리가 흘러가면서 주변인들과 가까워지게 되고, 원래 어머니가 가사를 제쳐놓는 탓에 초등학생부터 혼자 가사를 도맡아하며 살아온 덕분에 오하나는 여관 일에도 쉽게 적응하게 된다. 심지어는 후에 월급으로 2만 엔을 받고도 집에서는 빨래, 음식, 청소까지도 다 했는데 8천 엔밖에 못 받아왔다며 얄팍한 봉투를 받고 기뻐하는 모습을 보여 웃음이 나왔다.

나는 5학년 2학기 때 갑작스레 전학을 가게 되면서 어머니와 아버지가 동생들과 나를 외할머니 댁에 맡겨버렸다. 주인공처럼 일을 하진 않았지만 갑자기 이사를 하고 전학을 가게 되면서 덕분에 여자친구와도 헤어졌다. 그리고 전학한 학교에서 처음부터 자기 소개도 제대로 못하면서 학교생활을 시작하게 됐다. 맨 처음에는 '왜 내가 전학을 와야 했을까?' '계속 거기에 있었으면 안 됐을까?' 했지만 그곳에서 다시 적응해서 친구도 꽤 사귀게 되었다. 그래도 자꾸 예전 학교 이야기가 생각날 때면, 핸드폰이 없어 연락도 못하기 때문에 새로 사귄 친구들에게 예전 학교 이야기를 해주거나 혼자서 생각하곤 했었다. 그리고 집에서도 부모님 대신 외할머니와 삼촌과 같이 지내게 되었다. 원래 삼촌이랑 친하긴 했지만 그래도 어색한 부분이 있었는데 시간이 지나면서 이야기도 하고 컴퓨터도 점점 줄여가면서 긍정적으로 변해갔다. 게다가 삼촌도 공부를 하고 입사서류도 작성하면서 대학을 졸업한 후로 몇 년 동안이나 못했던 취직을 했다.

　주변에도 꽤 많은 가족들이 서로 떨어져 살고 있다. 보통 아버지들이 돈을 벌기 위해서 가족과 떨어져서 생활하곤 한다. 하지만 주인공이 긍정적으로 가족과 떨어지는 변화를 감당한 것에 비해서 많은 사람들이 극복하지 못하고 부정적으로 변해버리는 경우가 꽤 많이 있다. 아버지를 직장에 두고 유학을 간 기러기 가족의 경우에는 연락하기도 힘들고 물건을 택배로 주고받기도 힘든 점이 많다. 게다가 아버지는 홀로 외롭게 사시고 어머니 역시 홀로 양육하기 때문에 어려움을 겪는 부분이 많다. 나의 경우에는 삼촌과 할머니가 역할을 대신 해줬지만 대다수의 기러기 가족들은 그런 것조차 없는 경우도 많다. 아이들은 아버지의 중요성을 잊어버리고, 아이들 역시도 그곳 상황에 적응을 하지 못하는 경우가 많다고 한다. 가족과 떨어져 사는 것을 견뎌내는 것은 사람들이 자신을 지탱해줄 믿음이나 자신을 믿어주고 함께할 수 있는 주변인을 찾는 것이 중요하다고 생각한다. 가족과 떨어져 있더라도 서로를 이해하고 긍정적으로 생각한다면 모두가 성장할 수 있을 것이다.

거절과 소통

이 영화 속에서 주인공은 학교생활을 하며 많은 경험을 하게 된다. 그 중 수학여행과 학예회 모습이 인상적이었다. 수학여행 중 친구 유이나의 약혼자가 운영하는 여관에 갔다가 종업원들이 일을 갑자기 그만두는 바람에 오하나의 친구들과 함께 여관일을 하게 된다. 여관일을 경험하게 되면서 유이나는 약혼자와 결혼해서 여관을 경영하는 일은 자신과 맞지 않음을 알게 되고 '내가 하고 싶은 일은 많지만, 그 중에서 여관일은 없어' 라고 하며 결혼을 거절해버린다. 또 학예회에서 오하나와 친구들은 요리를 만들기로 했는데 민코가 모두가 원하는 메뉴인 오므라이스를 멋대로 빼버려 아이들이 화가 나서 민코에게 완전히 등을 돌리고 말았다. 하지만 오하나가 이 둘의 관계를 되돌리는 과정에서 민코가 "교실에 있는 열판은 너무 약해서 오므라이스를 만들 수 없어" 라고 설명하자 아이들은 그제야 납득하며 왜 진작 말해주지 않았냐고 한다. 결국 다른 방법으로 만드는 오므라이스를 다시 메뉴에 추가해 팔게 되었다.

거절을 잘 할 줄 모르던 나는 3학년이 되고 불과 두 달도 지나지 않아서 갑자기 음악 수행평가 프로젝트를 하게 되었다. 조장을 맡게 되었는데 서양 클래식도 아니고 종묘제례악이라서 아무것도 모르는 상태에서 하기 싫은 일을 하게 되었다. 게다가 선생님이 미리 조장을 나로 정해 놓은 상황이라서 '원하는 주제라도 해야지!' 했지만 주제마저도 경험이 거의 없는 UCC를 하게 되었다. 처음에는 그럭저럭 잘해 나갔지만 시간이 지날수록 제대로 되지 않았고 마지막에 와서 조원들의 의욕도 사라지고, 제대로 나오지도 않고, UCC 동영상의 화질마저도 잘못되어 수행평가를 완전히 망쳐버렸다.

만약에 내가 음악 수행평가의 조장이 맞지 않는 일이라고 거절했으면 상황은 달라졌을지도 모른다. 아니면 주인공 오하나처럼 친구들의 의견을 모두 통일시킬 수 있었다면 어떻게 되었을까? 앞으로도 살아가며 내 인생에서 중요한 일을 결정을 해야 할 일이 많이 생길 것이다. 다른 사람과 함께 새로운 일을 해야 할 상황에 수없이 직면할 것이다. 이 이야기를 교훈 삼아 거절을 해야 할 상황에서는 단호하게 하고, 일을 맡게 되었을 때는 서로의 소통의 장이 열릴 수 있도록 노력해서 최선의 결과를 얻어낼 수 있도록 노력해야겠다.

삼대의 이야기

오하나의 할머니가 운영하고 오하나가 살아가고 있는 온천여관 킷스이소에 잡지사가 비밀취재를 내려왔다. 비밀취재를 온 손님이 있는 기간 동안 열심히 했지만 평점은 바닥. 게다가 주변에는 거대 온천여관까지 개업을 준비하고 있는 중이었기 때문에 낮은 평점은 더욱 더 낮게 느껴졌다. 기사를 유심히 살펴던 오하나는 무엇인가를 발견하게 되는데 바로 이 낮은 평점의 원인이 어머니의 왜곡 기사라는 사실이다. 그래서 한달음에 도쿄까지 달려가 어머니를 만나 이야기를 하지만, 어머니는 "원래 어른의 사정이라는 것이 있는 거야"라는 어려운 말만 남기고는 오하나가 원하는 대로 따라가지 않겠다고 말한다. 오하나가 어머니를 데려가기 위해서 일인 시위도 하고 납치까지 계획하는 부분은 오하나의 엄청난 행동력에 감탄하게 한다. 결국 어머니가 못 이긴 척하며 휴가를 받아 끌려와준다. 그리고 끌려온 척 내려온 어머니에게 오하나와 킷스이소는 모두 최선을 다해준다.

그리고 그날 밤 어머니인 사츠키는 자신의 어머니인 스이와 딸인 오하나를 불러서 술을 마시며, 삼대가 지금까지 쌓였던 이야기를 한다. 오하나가 탄산음료에 취해서 잠이 들자(자기최면 탓), 사츠키는 스이에게 "내가 엄마는 일밖에 몰라서 싫다고 했지만, 나도 오하나에게 그런 어머니가 되어버렸네"라고 한다. 다음날 아침 사츠키는 사과문이라고 할 수 있는 제대로 된 평가를 남겨주고 도쿄로 돌아간다.

이 글을 쓰기 불과 일주일쯤 전 할머니와 나와 아버지가 옥상에 모여 앉아서 고기를 구워 먹으며 이야기를 한 적이 있었다. IMF가 터졌을 적의 힘든 일부터 지금 나에게 바라는 일, 할머니와 할아버지가 빚을 져서 많이 힘들다는 점, 어머니와 아버지의 힘든 가게일 외에도 많은 이야기가 오갔다. 그때 아버지와 할머니와 함께 이야기를 하면서 할머니와 아버지의 속마음을 알게 되어서 지금까지 서로에게 쌓였던 오해가 풀린 것 같다. 왜 그렇게 화를 내는지, 술을 마시고 들어오는지, 왜 그렇게 짜증이 많아졌는지 이유를 알게 되었다. 가족이란 서로에게 상처를 내기도 하지만 가족이기에 서로의 상처를 보듬어주고 감싸안을 수 있는 존재인 것 같다. 가족은 가장 나와 가까운 사람들이고 나의 가장 중요한 보금자리라고 생각한다.

진정한 성장은 이제 시작

스토리가 막바지에 달하면서 오하나의 할머니, 시지마 스이가 킷스이소를 닫아버리겠다는 폭탄선언을 한다. 그 이유는 더 이상 킷스이소에 집착하지 않고 벗어나 다른 사람들이 자신의 꿈을 위해 노력했으면 하는 이유라고 한다. 그 뜻에 처음엔 모두가 반발했지만 오하나의 삼촌인 에니시가 자신이 아직 여관을 물려받아 경영하기엔 미숙하다는 것을 알았다며 동의한다. 시지마 스이의 킷스이소는 문을 닫지만 에니시는 언젠가는 시지마 스이의 킷스이소가 아닌 시지마 에니시로서 킷스이소를 다시 열겠다고 다짐한다. 그리고 모두가 그 날이 되면 힘을 보태주기로 한다.

킷스이소가 문을 닫자 원래 킷스이소에 있던 사람들은 다른 일을 찾아 떠나게 된다. 나코는 가족에게 좀 더 관심을 보이고, 민코는 짝사랑하던 요리사인 토오루와 함께 다른 직장에 취직한다. 오하나는 도쿄로 돌아가 다시 어머니와 함께 살면서 코우와 함께 이야기하며 자신이 그렇게 빠져나가고 싶어하던 일상으로 돌아간다. "도쿄에 살고 있을 때는 여기가 일상이었지만, 킷스이소로 간 이후로는 여기가 드라마 같은 이야기고, 킷스이소가 나의 일상이 되어버렸어. 하지만 지금은 코우가 있는 여기가 내 일상이야"라는 말을 한다. 마지막엔 기차가 지나는 건널목에서 코우를 향해 달려가며 다시 돌아온 일상에서 끝을 맺는다.

나는 이것과 비슷한 경험을 해본 적이 없다. 이 애니메이션이 끝날 때 그 장면에서 느꼈던 뭐라 말로 할 수 없는 감정을 느껴보지 못했다. 하지만, '언젠가는 나에게도 새로운 기분을 느낄 날이 오지 않을까?' 하는 기대감을 가지게 되었다. 나는 성장 중인 중학생이다. 중학교 2학년이 되자 1학년과는 다르게, 3학년이 되자 또 2학년과는 다르게 바뀌어왔다. 어떻게 보면 '하루하루가 이 애니메이션처럼 나는 성장해가고 있다'라는 생각이 내 속엔 있을지도 모른다.

나에게는 킷스이소 같은 것도 있다. 중학교 2학년 때 일이 원하는 대로 되지 않자 기분 전환 겸 블로그를 만들어봤다. 블로그를 하게 되면서 몰랐던 사람을 만나고, 몰랐던 다양한 사람들과 대화하면서 성장해왔다. 나에게는 내가 잠깐 쉬기 위해서, 다른 사람들과 대화하기 위해서 만든 나의 조그마한 블로그가 나의 킷스이소이다.

이 애니메이션은 어떻게 보면 단순하게 흥미를 유발하려는 것으로 보일 수도 있다. 하지만 이렇게 글을 쓰면서 이 애니메이션도 깊은 뜻을 지니고 있다고 느꼈다. 적절한 배경음악과 표정 묘사로 사춘기 시절에 있는 다양한 감정들을 폭넓게 그려내고, 사춘기에 있는 아이들은 물론이고 심지어는 할머니마저도 '더 이상 킷스이소에 집착하지 않았으면 한다' 라는 뜻을 내비치며 한 걸음 성장하는 모습을 보여주었다.

막이 내리고,

금지원

글쓰기에 '글' 자도 모르는 저에게 글쓰기는 지옥 그 자체였습니다. 그래도 이미 쏟아진 물, 그렇게 저는 '서평'이라는 세상으로 한걸음 발을 내딛었습니다.

제가 글을 쓴 작품은 로렌스 앤서니의 『바그다드 동물원 구하기』와 미야자키 하야오가 감독한 〈모노노케 히메〉입니다. 『바그다드 동물원 구하기』는 저자 로렌스 앤서니가 직접 경험하고 온 일인데요, 전쟁이 일어난 이라크에 아주 유명했던 바그다드 동물원 이야기입니다. 동물원이 파괴되고 거기에 있던 동물들이 사라지고 우리에 갇혀 나오지 못하는 동물들도 있는 아주 열악한 곳이었습니다. 하지만 로렌스 앤서니는 무엇도 따지지 않고 동물들을 구하기 위해 전쟁 속으로 뛰어든 것입니다. 이 책을 읽으면서 감탄사가 끊이지 않았습니다. 동물들을 위해 자기의 모든 것을 버리고 뛰어드는 사람이 있다니! 정말 존경스러웠습니다. 중간 중간에 훈훈한 이야기와 더불어 가슴아픈 이야기들도 있었지만 역시 대단하다는 생각이 들게 하는 그런 책이었어요.

〈모노노케 히메〉는 말 그대로 자연을 주제로 한 애니메이션영화인데요, 저는 이 영화를 왜 이제야 봤는지 후회가 되었을 정도로 메시지를 정말 잘 전해주는 영화입니다. 〈모노노케 히메〉에서 나오는 사람들의 행동은 지금 우리가 하고 있는 행동이지만 저도 모르게 화가 나고 짜증이 솟구쳐 올랐습니다. 제가 무심코 했던 자연을 해치는 작은 일들이 생각났습니다. 〈모노노케 히메〉를 보고 나서 생각해보니 너무나 부끄러웠습니다. 그리고 좀 더 자연을 생각하는 마음이 들었습니다.

『바그다드 동물원 구하기』와 〈모노노케 히메〉를 보고 더욱 동물과 자연에 대해서 알게 된 것 같은 느낌과 함께 짠한 감동을 받았습니다.

김현서

저는 이정현의 『심리학, 열일곱 살을 부탁해』라는 책을 읽고, 리처드 라그라브네스의 〈프리덤 라이터스〉라는 영화를 보았습니다.

『심리학, 열일곱 살을 부탁해』는 정신과 전문의 이정현이 청소년들 심리의 문제점에 대하여 그 원인과 해결책을 써놓은 책입니다. 이 책을 읽으면서 서도 몰랐던 제 심리상태의 원인을 알게 되었고, 책을 읽는 동안 저도 모르게 고개를 끄덕이고 있었습니다. 제가 이 책에 공감할 수 있었던 이유는 저 또한 청소년이기 때문입니다. 이 책은 부모님과의 사소한 마찰로 고민인 학생들이 읽으면 참 좋겠다는 생각이 들었습니다.

〈프리덤 라이터스〉는 실화를 바탕으로 한 영화입니다. 이 영화의 주된 주제는 인종차별입니다. 영화를 보면서 인종차별로 인해 고통 받고 사는 아이들의 어둡고 쓸쓸한 삶에 대해 조금 충격을 받았습니다. 나와는 전혀 다른 삶을 살고 있는 아이들이 그렇게까지 될 수밖에 없었던 이유를 그들이 쓴 일기를 통해 알게 되었습니다. 그 아이들이 에린 그루웰이라는 선생님을 만나 일기를 쓰고 책을 읽으며 스스로 일어설 수 있는 힘을 갖게 된 것을 보며 선생님의 역할에 대해서도 한 번 더 생각하게 되었습니다.

저는 교사가 되는 게 꿈입니다. 이 영화를 보고 제가 커서 교사가 되면 그 루웰 선생님처럼 아이들에게 희망을 가르치는 교사가 되어야겠다고 결심하게 되었습니다.

『심리학, 열일곱 살을 부탁해』는 저에게 굉장히 많은 공감을 준 책이고, 〈프리덤 라이터스〉는 새로운 경험을 하게 해준 영화였습니다. 서평은 이때까지 한 번도 써본 경험이 없었는데 이번 기회를 통해 새로운 경험을 하게 되었고, 책과 영화가 전달하고자 하는 의미를 더 깊게 생각해볼 수 있었습니다.

노정혜

제가 읽은 책은 『김연아의 7분 드라마』입니다. 평소에 제가 존경하는 인물이기도 하고, 평소 우상으로 생각했던 김연아 선수의 이야기를 담은 책입니다. 저는 김연아 선수가 지금처럼 유명해지기 전부터 우연히 그 모습을 많이 봤어요. 시간이 흐를수록 발전해가고 더 좋은 성과를 거두는 김연아 선수의 모습을 보고 팬의 입장에서 뿌듯하기도 했답니다. 그녀의 이야기를 꼼꼼하게 읽고, 제 경험과 연관 지어 글을 쓰면서 많은 생각이 들었어요. 자신의 꿈을 이루기 위해 부단히 노력하는 모습을 보면서, 평소에 나태하기만 했던 제 자신에게 반성하자는 생각도 들었고, 꿈을 이루고 나서도 자신의 다음 목표를 향해 나아가는 모습을 보고 대단하다는 생각도 했어요. 10년 후에, 저는 대한민국에서 제일 가는 아나운서가 되어 있을 겁니다. 저처럼 평범한 학생에게 희망을 준 김연아 선수처럼, 저도 누군가에게 큰 희망을 주는 사람이 되고 싶습니다. 앞으로 많이 노력해서 꼭 많은 사람들에게 감동을 주는 목소리가 될게요.

제가 본 영화는 〈어거스트 러쉬〉입니다. 선생님의 추천으로 보게 된 영화인데요. 영화를 본 후에 친구들에게 강력하게 추천했을 만큼 감명 깊게 봤답니다. 등장인물 한 명 한 명이 다 주인공 같았고, 흘러나오는 음악 하나하나가 다 멋졌어요. 요즘 리얼리티가 대세라 그런지, 현실성이 없는 영화보다 우리가 살아가는 세계를 바탕으로 그려진 영화가 많잖아요. 그런데 모처럼 '영화 같은 영화다' 라는 느낌이 들었어요. '영화 같다' 고 하면 왠지 운명처럼 이끌리고 현실에선 일어날 수 없는, 그저 로망 같잖아요. 너무 현실 같아서 공감하는 영화보다 간만에 이런 '영화 같은' 영화를 접하게 되어서 행복했어요. 보고 또 봐도 질리지 않는, 소장하고 싶은 영화가 아닐 수 없습니다!

서재홍

　로렌스 앤서니의 『바그다드 동물원 구하기』란 책을 읽었습니다. 이 책
에서는 전쟁 중인 이라크 한복판에 뛰어들어 동물들을 구해낸 한 남자의
이야기가 들어있는데요. 모두 소설 같은 이야기들뿐이지만 전부 사실이
라는 것이 정말 놀랍습니다. 저도 처음 이 글을 접했을 때, 엄청 놀랐어
요. 저는 글을 쓸 때 이 책이 소설인 줄 알아서 공상적으로 쓸 뻔했기든
요. 하지만 찬찬히 보니 실화라네요. 이야~ 라는 감탄사밖에 나오지 않습
니다. 나도 한 가지 일을 저렇게 목숨 바쳐 열심히 할 수 있을까? 자신의
목숨도 버릴 수 있을 만큼 값어치 있는 일일까? 하지만 그에게는 진정 목
숨 바쳐 하고 싶은 것이 아닐까 싶습니다.

　또한 이 지구상에서 인간이 유일하게 보호받아야 하고 우월하다는 생
각에 대해 다시 한번 돌아보게 합니다. 인간은 이 지구상에 나타난 지 고
작 300만 년밖에 되지 않았습니다. 하지만 그 기간에서도 300년이란 짧은
시간 동안 인간은 몇십억 년의 지구를 오염시키고 파괴하고 있습니다. 인
간보다 더 오랫동안 지구에 머무른 동물들조차 인간에게 멸종당하고 있
으니, 이거야말로 굴러온 돌에 박힌 돌이 뽑히는 격이지요. 우리들은 편

안함을 위해 과연 다른 존재를 해쳐야만 하는지 더 나은 길은 없는지 찾아야하지 않을까요?

이 글을 쓰면서 골백번도 더 선생님 얼굴을 본 것 같습니다. 동아리 초기에 선생님이 장난스럽게 "저번 학생들은 날 피해 다녔어"라고 하셨는데 그게 진짜 그렇게 되더라구요. 발소리만 들려도 휙 뒤돌아서서 모른 척하고 친구 등에 숨어서 다니곤 했습니다. 그땐 정말 무서웠거든요. 하지만 이렇게 마무리 작업을 하고 있으니 마음이 한결 홀가분하네요. 이 글을 쓸 수 있게 도와주신 선생님께 감사합니다.

김광회

제가 읽은 책은 벤 마이켈슨의 『나무소녀』입니다. 『나무소녀』의 주인
공 가브리엘라는 전쟁 중에도 씩씩하고, 소녀가장 같은 아이입니다. 아프
리카의 가난한 집안에서 태어났고, 돌보아야 할 어린 동생들도 많았지만
불평하지 않습니다. 쉽게 짜증내는 나의 모습과는 다른 가브리엘라가 나
보다는 어리지만 배울 깃이 많다고 느꼈습니다. 과테말라 내전이라는 엄
청난 환경에서 어머니와 오빠, 동생들을 잃었지만, 가브리엘라는 활기차
고 희망을 갖고 있었습니다. 그런 가브리엘라를 닮고 싶습니다.

제가 본 영화는 강제규 감독의 〈태극기 휘날리며〉입니다. 선생님이 추
천하셔서 봤는데, 6·25전쟁 당시 함께 입대한 형과 동생의 우애가 매우
감명 깊었습니다. 동생과 자주 싸우는 저는 동생과 영화를 함께 보며 반
성하였고, 6·25전쟁의 아픔을 느낄 수 있었습니다.

내가 읽은 책과 본 영화는 모두 전쟁에 관한 것인데, 글을 쓰면서 전쟁
이 주는 피해에 대해 더 많이 알게 되었습니다. 전쟁은 결코 일어나서는
안 되는 것입니다. 서평을 쓰면서 힘들었지만, 작가들의 마음을 이해할
수 있었습니다. 그리고 글을 쓰는 실력이 느는 것 같아 큰 도움이 되어 기쁘
고, 좋은 경험이었습니다.

안예진

1학기에 서평을 쓸 때 '글을 어떻게 이어나가지?' 하는 막막함을 겪은 후라, 2학기 때에 선생님이 서평을 또 쓴다고 했을 때는 정말 절망적이었습니다. 죽어도 하기가 싫었고 시험도 끝난 뒤라 마음껏 놀고도 싶었어요. 하지만 2학기에는 내가 좋아하는 만화로 해서 그런지 글이 좀 더 빨리 써져서 그나마 괜찮았다고 생각되었습니다.

중간에 어려움을 겪어서 정말 다 때려치우고 싶은 마음도 들었지만, 선생님의 도움으로 결국 완성하게 되었습니다. 이제 드디어 끝났구나 하는 마음과 함께 뿌듯하기도 하답니다.

이동호

저는 『초콜릿 달』이라는 책을 읽고 많은 생각을 했습니다. 그 책에 나오는 아버지의 무관심인 줄 알았던 사랑은 제 마음을 흔들어 놓았습니다. 이런 아버지의 헌신적인 사랑을 담은 영화가 있습니다. 그 영화가 바로 스티븐 달드리의 〈빌리 엘리어트〉입니다.

이 영화 또한 아버지의 헌신적 사랑을 보여주는데, 이 영화를 보며 아버지에 대한 생각을 많이 했습니다. 영화를 본 후 생각해보니 아버지와의 기억 중에서는 좋고 행복한 기억보다는 엄하고 울었던 기억이 더 많았던 것 같습니다. 어린 시절 아버지와 친해지기 위해서 많이 말하고 장난도 쳐본 기억이 있었습니다. 하지만 함께 웃고 다시 텔레비전을 보기 일쑤였습니다. 그리고 텔레비전을 본 후에는 항상 아버지의 공부에 대한 훈계가 이어지기 십상이었습니다. 이렇게 엄하신 아버지 밑에서 저는 아버지가 계실 때에는 위축된 마음을 가지고 생활했습니다. 집에 들어가서 아버지가 없을 때에는 아버지의 훈계를 이해하고 또 마음에 들기 위해 많은 생각을 하곤 합니다. 하지만 그렇게 아버지의 말만 따르고 행동하다 보면 내가 로봇이라고 느껴질 때가 가끔 있습니다.

이 영화를 보면서 빌리의 아버지가 처음에는 빌리를 이해하지 못하지만 결국에 지지를 해주고 도와주는 것처럼, 저의 아버지도 공부를 강요하시고 엄한 모습이 아니라 나의 진로를 함께 고민해주시고 내 뜻을 알아주시는 아버지가 되었으면 좋겠다는 생각을 했습니다. 이제 아버지와 서로를 이해하면서 이야기를 나눌 기회를 찾아 함께 대화를 해봐야겠습니다. 그래서 저를 이해해주시고 사랑해주시는 아버지와 행복한 대화를 나눌 것입니다.

제갈소현

영원히 끝나지 않을 것만 같던 서평 작업을 마무리하고 후기를 쓰고 있다니 꿈만 같습니다. 저는 『소현』이라는 책과 〈오만과 편견〉이라는 영화로 글을 썼습니다. 두 작품 모두 잊지 못할 것입니다. 다만 지금으로서는 제 최선을 다해 썼는데 몇 년 뒤에 펼쳐보면 손발이 오그라들 것 같아 무섭습니다. 하지만 지금은 스스로가 참 대견스럽고 흐뭇하니 만족합니다.

『소현』은 제목에서 알 수 있듯이 인조의 아들 소현세자의 이야기를 다루고 있습니다. 저와 세자의 이름이 같아서 그런지 정이 가서 서평을 쓰기로 결정한 책입니다. 옛날 조선시대의 이야기임에도 이 책에서는 현대 사회의 문제점과 닮은 사건들이 등장합니다. 시간은 한 방향으로 흐르지만 사회는 돌고 도는 것입니다. 우리는 결코 자기 아들을 독살한 인조의 시대보다 나은 사회를 살고 있지 않습니다. 사람들은 제각기 다른 눈가리개에 가려 진정 소중한 것이 무엇인지 보지 못합니다. 저를 비롯한 모든 사람들이 조금이나마 소중한 것을 깨닫고 행복해지면 좋겠다는 바람을 썼습니다.

〈오만과 편견〉은 엘리자베스와 다아시의 사랑 이야기입니다. 혹시 이 영화를 안 보셨다면 꼭 보시라고 추천해 드리고 싶습니다. 아직도 다아시를 연기한 매튜 맥퍼딘의 애틋한 눈빛이 잊혀지지 않습니다. 사랑이 있는 결혼을 추구한 엘리자베스 외에도 그녀의 언니인 제인과 친구 샬롯의 각각 다른 결혼을 보았습니다. 사랑의 가치관이 다를 수 있다는 것 이외에도 그 다른 생각마다의 장점을 배웠습니다. 이 영화를 통해 얻은 교훈으로 제 삶을 스스로 잘 살아나가고 싶습니다.

주성은

제가 읽은 책은 반기문의 『바보처럼 공부하고 천재처럼 꿈꿔라』입니다. 현재의 자신이 있기까지 꿈을 향해 전진해왔던 유엔사무총장 반기문의 이야기를 담은 책인데요, 저는 이 책을 읽고 꿈을 향해 나아가는 길에서 즐거움을 느낄 수 있다는 것을 깨달을 수 있었답니다. 겸손함과 성실함의 자세를 잊지 않고 살아가는 그의 모습이 머릿속에서 잊혀지지가 않아요. 열아홉 살 반기문에게 꿈의 설계도가 그려졌듯이 저도 다양한 경험을 하고서 꿈의 설계도를 완성하려고 해요. 응원해 주실 꺼죠?

〈아마데우스〉란 영화는 선생님께 추천받은 영화인데, '왜 진작 이 영화를 보지 않았을까?' 하는 생각이 들 정도로 정말 감명깊은 영화였어요. 모차르트의 천재적인 재능을 시기하고 질투하여 살리에리는 그를 죽음으로 내몰지만 저는 살리에리를 미워할 수만은 없었어요. 저도 너무나 평범한 사람이라서 뛰어난 재능을 가진 친구들을 부러워한 적이 한두 번이 아니기 때문이에요. 하지만 이 영화를 보면서 내가 반짝반짝 빛나는 사람이 되기 위해서는 나만이 가진 나의 가치와 재능을 인정해야 한다는 것을 깨닫게 되었죠. 영화를 보는 내내 절묘하게 어우러진 모차르트의 음악에 흠뻑 취해 있었기 때문에 아직도 영화를 보며 느꼈던 두근거림을 잊을 수가 없는데요, 그래서 살리에리가 지니고 있는 열등감이란 마음을 더 잘 이해할 수 있었던 것 같아요. 천재적인 재능에 감탄하고 평범함이란 한계에 대해 연민을 느끼면서 그들과 함께 즐거워하고 아파할 수 있었어요.

『바보처럼 공부하고 천재처럼 꿈꿔라』가 꿈을 향해 나의 삶을 계획하고 목표를 세우게 만들어준 책이었다면, 〈아마데우스〉는 나 자신을 소중한 사람으로 인식하도록 만들어준 영화였어요. 처음 쓴 서평이라 부족한 점도 많았고 힘들었지만 유익한 경험이 되었답니다. 서평을 쓰는 동안 함께 했던 두 작품 모두 제 기억 속에 오랫동안 남을 소중한 존재일 것 같습니다.

육태훈

제가 보고 평을 쓴 작품은 〈꽃이 피는 첫걸음〉입니다. 제작사인 P.A.
WORKS 10주년을 기념해서 만들어진 26부작 애니메이션입니다.

자기 마음대로인 어머니 밑에서 힘겹게 살아가는 16세 여고생의 이야
기인데, 그 '어머니 마음대로' 때문에 전학까지 가게 됩니다. 솔직히 말
해서 처음엔 당혹스러웠지만, 뒤로 갈수록 아이들과 친하게 지내는 모습,
서로 가까이 다가가는 모습이 재미있었습니다. 짠한 기분과 함께 조그마
한 희망을 품게 하는 그런 애니메이션입니다.

최수정

〈크게 휘두르며〉는 제가 좋아하는 작품인지라 이미 열 번도 넘게 봤던 걸 계속 봤습니다. 덕분에 쓰면서 조금 지루한 감도 없지 않았지만 1학기 때 썼던 서평보다는 글 쓰는 것이 훨씬 재미있었습니다.

특히나 등장인물 아베가 너무 신경질적이라 보면서 실컷 웃었던 기억이 있습니다. 어찌 됐건 재미있게 작업했으니 끝! 이제 작업이 끝났으니 기분은 날아갈 것같이 좋습니다.

채유빈

맨 처음 책쓰기 동아리에 들어와서 서평을 쓴다고 했을 땐 서평을 독후 감이라고 생각했지만 독후감과는 다른 점이 있었습니다. 바로 사회 현상이 들어간다는 점이었습니다. 책을 읽을 때 그냥 줄거리만 보고 결말만 중요시하던 저에게 책의 내용으로 사회 현상을 찾아보는 것은 너무나 어려웠습니다. 또 저는 책 읽는 것을 좋아하지만, 책을 꾸준히 읽진 못했습니다. 특히 서평이란 것이 책을 읽으면 두 번은 봐야 하는 것이라 처음에는 너무나 귀찮아 책 읽는 것도 제대로 하지 않았습니다. 또한 한 자리에 앉아 글을 쓰는 것도 처음에는 무척이나 힘들었습니다.

하지만 A4 한 장을 채우니 두 장, 세 장, 네 장을 채우는 일은 식은 죽 먹기였습니다. 그렇게 A4 다섯 장을 채우고 나니 알 수 없는 뿌듯함이 올라왔습니다. 그래도 선생님께서 제 글을 보고 고쳐보라면서 열심히 쓴 글에 줄을 죽죽 그을 때는 너무나 슬펐어요. 서평 쓰는 걸 다 포기하고 싶었습니다. 하지만 지금까지 해온 결과, 저에게는 엄청난 발전이 있었다고 생각합니다.

다시 서평을 쓰라고 하면, 전 솔직하게 말한다면 다시는 못할 것 같습니다. 하지만 서평 쓰기로 인해 저의 책 읽기 습관이 바뀐 것은 좋은 일이라고 생각합니다. 그리고 책 읽는 것을 좋아하는 사람이라면 서평을 써보라고 추천하고 싶습니다.

조인경

　원래 책 읽는 것이나 글 쓰는 것을 정말 싫어했습니다. 처음에는 꾸역 꾸역 읽고 썼기 때문에 스트레스도 많이 받았습니다. 감수성이 풍부한 탓에 느낀 것은 정말 많은데 이것을 글로 일목요연하게 표현하지 못해 지적도 많이 받아 힘들었습니다.

　'글을 어떻게 다 쓰지' 하고 걱정한 지가 엊그제 같은데, 결국 이렇게 글 두 편을 완성했습니다. 글 쓰는 것을 귀찮아하고 힘들어하던 저는 학교 대표로 교육청에 독후감상문을 게재하게 됨에 이르렀고, 드디어 글 쓰는 것에 매력을 느끼기 시작했습니다. 과정이 힘들었지만 글을 완성할 때마다 좀 더 성숙해지고 발전해감을 느끼기 때문에 저는 포기할 수 없었습니다.

황샤론

저는 영화 〈쇼생크 탈출〉을 보고 영화평을 썼습니다. 유명한 영화라서 텔레비전에서 한 번 봤었지만, 영화평을 쓰기 위해 다시 보니 예전과는 전혀 다른 감동으로 저에게 다가왔습니다. 희망을 잃지 않고 또 그 희망을 다른 이에게도 전해주는 앤디의 모습은 저를 다시 돌아보게 하고 삶의 가치를 일깨워주었습니다.

영화평에는 쓰지 않았지만 앤디가 마지막까지 레드의 희망을 챙겨주는 것도 정말 감동적이었습니다. 레드는 이미 교도소에 길들여져 사회에 적응하지 못했지만 그런 레드가 다시 희망을 찾을 수 있게 지후아테네오에서 그를 기다리고 있던 앤디의 모습은 오랫동안 제 머릿속에 맴돌았습니다. 제가 앞으로 희망을 잃었을 때도 앤디의 지후아테네오를 생각하며 이겨나갈 것입니다.